光文社文庫

長編時代小説

刺客潮まねき

ひなげし雨竜剣㈢

『縄手高輪　瞬殺剣岩斬り』改題

坂岡　真

光　文　社

※本書は、二〇一〇年九月に光文社文庫より
刊行した作品を、文字を大きくしたうえで
さらに著者が大幅に加筆修正したものです。

目次

「ひなげし雨竜剣」シリーズ　主な登場人物

朝比奈結之助……口入屋「ひなた屋」の用心棒。五年前、妻の死をきっかけに捨て扶持をもらっていた下総の小藩に見切りをつけて、故郷を捨てた。浅草の奥山で曲独楽に次いで人気のある芥子之助を身に付けたところ、朝比奈芥子之助、略して「ひなげし」と綽名された。

おふく……「ひなた屋」の三十路の女将。

おせん……おふくの一人娘。

京次……芳町の蔭間。結之助に救ってもらったので、命の恩人と、生計に困っていた結之助を口入屋「ひなた屋」へ連れていった。

忠兵衛（牧野忠精）……向島の萬亭に住む隠居。じつは、越後長岡藩の前藩主。いまだ幕閣とは深い縁がある。結之助の腕を見込み、自らの隠宅へ出入りさせる。

深堀左内……越後長岡藩筆頭目付。十文字槍の名手でもある。

佐久間監物……越後長岡藩江戸家老。

霜枯れの紋蔵……いつもは万橋のそばの自身番に屯している岡っ引き。「ひなた屋」のおふくとは懇意にしている。

刺客潮まねき

一

中山道板鼻宿、皐月。

紫陽花が走り雨に濡れている。

蒸し風呂のような一日の終わりに、天が恵みを与えてくれたかのようだ。

留女に化けたおりんは深編笠の侍に目をとめ、音もなく身を寄せると、ためらいがちに袖を引いた。

「おまえさん、潮まねきの旦那だろう。与四蔵親分が先刻からお待ちかねだよ」

妙な綽名で呼ばれた侍は、拒むように袖を振りはらう。

表情はわからない。深編笠の奥で双眸だけが赤く光った。

おりんは子兎（こうさぎ）のように震えながら、旅籠（はたご）の敷居をまたぐ背中を見送った。

気に掛かるのは、袖の内に隠された左腕だ。

――潮まねき。

と呼ばれるだけあって、左腕が蟹（かに）の鋏（はさみ）のようになっているのだろうか。

「そんなわけないか」

それにしても、大きい男だ。

丈で六尺、重さで三十貫目はあろう。

酒樽みたいだなと、おりんはおもった。

落とし差しの刀が、ずいぶん短くみえる。

垢じみた着物は饐（す）えた臭いを放ち、綻（ほころ）びが目立った。

懐中はいかにも軽そうで、金の匂いはまったくしない。

「食いつめ者だな」

そんなことは、すぐにわかる。

おりんは巾着切（きんちゃっきり）を生業（なりわい）としていた。歳（とし）は二十九、目鼻立ちの整った縹緻（きりょう）良しで、手足はすらりと長く、櫛巻（くしま）き髪に千筋（せんすじ）の単衣（ひとえ）を纏（まと）った容姿は男心をそそるものの、悪事をはたらく女にはみえない。

江戸ではずいぶん稼がせてもらった。ところが、半年前、生涯でたった一度のドジを踏んで右手の中指と薬指の骨を折られ、稼ぎの目処を失った。伝手を頼って生まれ故郷の上州へ逃れ、所の破落戸を束ねる与四蔵に気に入られて情婦におさまった。

鬱陶しい梅雨を迎えた今も、二本の指は曲がったままだ。

元の稼業に戻ることはあきらめたが、生得の勘は鈍っていない。

あいつ、とんでもない人斬りだ。

上州七宿随一の縄張りを誇る与四蔵が苦労のすえに捜しあて、板鼻宿へ呼びよせただけのことはある。刀を抜かずとも、肩や背中からむらむらと立ちのぼる殺気でわかるのだ。

潮まねきは草履を脱ぎ、汚れた足で上がり端を踏みしめた。

みしっと板が軋み、奉公人たちの目が一斉に集まる。

「旦那、二階のどんつきだよ」

おりんは上擦った調子で言い、吾妻下駄を脱いだ。

板間に上がり、右脇の急階段をのぼれば、人相の悪い連中が待ちかまえている。

この『ひょうたん』という旅籠に、一見の客はひとりもいない。

みな、与四蔵の息が掛かった者たちだ。

与四蔵はなにせ、三百人からの荒くれどもをしたがえている。道中奉行からも目を掛けられているほどの大物で、柄の長い十手まで預かっていた。十手の威光を笠に着て、陰に日向にあくどい所業をかさねても、誰ひとり文句を言う者はいない。

少しでも刃向かおうとする者があれば、虫螻も同然に捻りつぶしてきた。「六文銭の与四蔵」という通称は、伊達ではない。敵対する連中を三途の川に導いたところからきている。

潮まねきは乾分のひとりに招じられ、奥まった部屋の内へ消えていった。

おりんは廊下の手前から見届け、階段口に佇む若い乾分に目配せする。

「あれが潮まねきだってさ」

「へへ、噂どおりのでかぶつでやんすね。あれなら、天鵬にもひけをとらねえ」

「何やら、得体の知れない御仁だよ」

「仕方ありやせんぜ。人斬りなんだから」

ぶるっと、肩が震えた。

「姐さん、びびってんのかい」

「莫迦言っちゃいけないよ」

「へへ、どうだか」

女一匹、いつなりとでも死ねる。そうした気概で生きてはきたが、与四蔵の世話になりはじめてからというもの、腑抜けも同然になった。

手鏡に映る自分のたるんだ顔が、おりんは嫌でたまらない。

「ふん、人斬りが何だい」

強がりを吐いたところへ、奥から声が掛かった。

「姐さん、元締めがお呼びでさあ」

「あいよ」

返事はしたものの、気はすすまない。

どうせ、人斬りの連絡役でも仰せつかるのだろう。

与四蔵の狙いなら、容易に察しがついた。

隣の高崎城下で力を蓄えつつある同業の茂利平を、闇から闇へ葬る腹なのだ。

そのために、腕利きの刺客が呼ばれた。

部屋にはいると、岩のような潮まねきの背中がみえた。

背中越しに、皺顔の老爺が笑っている。

背後の床の間には「無常迅速」と大書された軸が掛かっていた。人の一生なんぞほんのひと呼吸の間でしかない、といった意味の教訓を、与四蔵はみずからの生きざまに重ねあわせている。

どうせ死ぬなら、おもしろおかしく生きりゃいい。

それが古狸の口癖だった。褥のうえで何度も聞かされた。

古狸の右脇には太刀持ちよろしく、元相撲取りの乾分が控えている。

四股名は天鵬、素手で五人の男をあの世に送ったことがあるという。

巨漢の天鵬と並べば、元締めの与四蔵は貧相な牛蒡にしかみえない。

だが、牛蒡のおかげで、今のところは食いっぱぐれずに済んでいる。

空咳につづいて、与四蔵の嗄れ声が聞こえてきた。

「おりんよ。こっちのはなしは済んだ。おめえにひとつ、聞きてえことがある」

「え、わたしに」

「ああ。半年めえ、おめえの指を折った野郎のことだ。たしか、ひなげしとかいう通り名の浪人者だったな」

「おもいだしたくもありませんよ。あんな野郎のこと」

日本橋の魚河岸に近い杉ノ森稲荷の参道でカモをみつけ、さっそく近づいて袖を狙った。いつもどおり、首尾よく財布を掏った刹那、後ろから別の誰かに右腕を摑まれ、あっと声をあげる暇もなく、命のつぎに大切な指を粗朶のように折られた。痛みよりも恐怖がさきにたち、その場から一目散に逃げたのだ。

「負けず嫌えのおめえは、その日のうちに稲荷の境内へ立ちけえり、余計な邪魔をしてくれた浪人者を捜した。何のことはねえ、小豆切りの芥子之助で生計を立ててるけちな野郎だったてえわけだ」

姓は朝比奈、名は結之助。朝比奈の「ひな」と芥子之助の「けし」を合わせて「ひなげし」という綽名で呼ばれていた。

「拙ねえ語呂合わせだが、いちど聞いたら忘れねえ。おりんよ、ひなげしのヤサはどこにある」

「日本橋の芳町ですよ。『ひなた屋』っていう女専門の口入屋がありましてね、半年前はそこの居候でしたよ」

「ほう、口入屋の用心棒か。さすが、かまいたちのおりんだ。江戸を去るめえに、ちゃんと調べていやがった」

与四蔵はどんなもんだという顔で、潮まねきを睨みつける。

こちらからは後ろ頭しかみえず、顔の造作すらわからない。

おりんは細い眉を寄せ、不機嫌そうに口を尖らせた。

「元締め、ひなげしのやつが何だっててんです」

「凄腕なんだとよ」

「え」

「空鈍流とかいう珍しい剣術を使うそうだ。こちらの旦那に言わせりゃ、江戸で一番らしいぜ」

おりんは目を泳がせ、半年前の記憶をたどった。

大柄なからだの輪郭は浮かんでも、人相まではおもいだせない。

ただ、指を折られたときの感触だけが、生々しく残っている。

「おめえ、下手すりゃ命を獲られていたんだぜ。江戸で一番ってことは、向かうところ敵無しってことだかんな」

おりんは、ふうっと重い溜息を漏らす。

「元締め、そちらの旦那とひなげしと、どういう関わりがあるんです」

「いささか、恨みがあるんだとさ」

おりんは背後から、潮まねきの様子を窺った。

左腕は袖に隠れたままだ。身じろぎひとつしない。

「おりんよ、おめえにゃ、旦那の水先案内をつとめてもらうぜ」

「お江戸へ行けってことですか」

「おうよ。こちらさんのたっての望みでな。どうしても、ひなげしの命が欲しいんだとよ。仕方あんめえ、芳町のひなた屋まで案内してやんな。ただし、こっちの用事が済んでからだ」

凄んでみせる与四蔵に向かって、潮まねきは低声(こごえ)でぼそっとこぼす。

「こっちの用事なら、すぐに済む」

「何だと」

「五十両と六文、それがおぬしの首代よ」

言うが早いか、片膝立ちになり、右手で腰の刀を抜いた。

身幅の広い直刀は、刃長で二尺そこそこと短い。

──びゅん。

刃風が唸(うな)った。

「ぬえっ」

皺首が真一文字に裂け、真っ赤な血が噴きだした。

天鵬が返り血を浴びながらも、諸手を振りあげる。

まるで、羆のようだ。

潮まねきは至近から、咄嗟に刀を投げた。

鋭い切っ先が、分厚い左胸に突きささる。

「うおっ」

「この野郎」

羆は吼え、刀を抜きとった。

潮まねきは、にやりと笑う。

前屈みになり、左袖からにゅっと腕を突きだした。

いや、腕ではない。

黒い鋼の筒だ。

ひゅんと横に振るや、筒口から一尺の白刃が飛びだす。

「恨みにおもうな」

潮まねきは静かに発し、刃の生えた左腕を上段に構えた。

さほど振りかぶりもせず、鉈落としに振りおとす。

「んぎゃ……っ」

天鵬の脳天が、ぱっくり割れた。

天井に血飛沫を噴きあげ、どうっと顔から落ちていく。

「外道めｌ」

潮まねきは歩みより、屍骸のそばから刀を拾いあげた。

素早く血振りを済ませ、片手で器用に納刀する。

ちんという鍔鳴りが、おりんの耳に飛びこんだ。

金縛りにあったように、からだが動かない。

雨音が、やけに大きく聞こえてくる。

ふと、頭に浮かんだのは、濡れた紫陽花が生首となって落花する光景だ。

潮まねきが、太い首を捻った。

「女、おぬしも逝くか」

笑いながら、吐きすてる。

「ひっ」

口の端を耳まで裂き、笑った顔が凄まじい。

それは、罪深き者に引導を渡す閻魔の顔であった。

「お赦しを……お、お赦しを」

おりんは膝を折った。

血塗れた畳に額(ぬか)ずき、懸命に命乞いをする。

恐怖に震えながら、みずからの不運を呪いつづけた。

二

三ヶ月後、日本橋芳町。

祖霊に手向(たむ)ける彼岸花(ひがんばな)は消え、道端には桔梗(ききょう)や女郎花(おみなえし)が咲きはじめた。

空には鰯雲が流れ、夕暮れともなれば心地よい涼風が頬を撫(な)でてゆく。

「下女奉公請負」の看板を掲げるひなた屋は、華やかな芝居町(しばいまち)と道ひとつ隔てた袋小路の奥にあった。小便臭い露地に迷いこんでくるのは酔っぱらいか野良猫くらいのもので、黒板塀に囲まれたひなた屋には事情(わけ)ありの娘たちが身を寄せている。

日陰にあっても、ひなた屋。日陰者が集うところだけど、ひなた屋。屋号だけでも暖かいのにしたかったのさと、女将(おかみ)のおふくは尋ねる人のあるたびに笑ってこたえた。

軒先には縁台が出され、浴衣姿の娘たちが夕涼みをしている。

「おきぬちゃん、聞いたよ。あんた、緞帳役者の越川団五郎にほの字なんだって。ごはんもろくにのどを通らないそうじゃないか」

色のあるはなしがはじまると、娘たちはそわそわしながら顔を寄せあった。からかい半分に水を向けられたおきぬは、色白のふっくらした顔を赤らめ、下を向いてしまう。無理もあるまい。今から三ヶ月足らず前、上州の貧村で山女衒に買われ、ひなた屋に売られてきた十四の娘にとって、花のお江戸で抱いた恋はあまりにも切なすぎた。

「団五郎はいい男さ。色悪なんぞを演らせたら、ぞくっときちまう」

「やっぱり、団五郎といえば立役さ。大江戸八百八町に隠れのねえ、杏葉牡丹の紋付も桜に匂う仲の町ってね」

「『助六』かい。わたしゃ三度も観たよ」

おきぬ本人を放ったまま、年嵩の娘たちが得手勝手に喋っている。

「いっそ、楽屋を訪ねて、惚れ薬でも呑ましてみたらどうだい」

「うふふ、振りむかせちまえば、こっちのもんさ。おきぬちゃんは別嬪だから、団五郎もその気になるかもしれない」

「んなこと、あるわけないじゃないか。緞帳役者ってのは、男芸者みたいなものさ。気を向けるのは金持ちの娘だけ。贔屓を超えて本気になったら、惚れた娘が莫迦をみる」

「夢のないことをお言いでないよ」

軽口を叩く娘たちにしても、不幸な事情を抱えている。なかには、所帯を持ったことのある者もおり、亭主や情夫の暴力に耐えきれず、着の身着のままで逃げこんできた者たちにとって、ひなた屋は縁切寺のようなところだった。

おふくは生得の俠気から、親身になって娘たちの面倒をみている。旦那はおらず、細腕一本でひなた屋を切り盛りしていた。

「いい男って言えば、ひなげしの旦那も捨てたもんじゃないよ。杉ノ森稲荷の境内でみたことがあんのさ。寄って集って弱い者いじめをする破落戸どもがいてね、そいつらを睨みひとつで追いはらっちまったんだよ。あのときの立ち姿にゃ、惚れ惚れしちまったねえ」

「あんた、本気で惚れたのかい」

「莫迦言っちゃいけないよ。惚れたら、女将さんに睨まれちまう」

「そういえば、近頃の女将さん、やけに可愛らしくなったよねえ」

「怪しいだろう。女所帯は物騒だから用心棒代わりに居候させてるってはなしだけど、ほんとうのところはどうなんだか」

「あの旦那はよしとこう。ちょっかいを出せば、おせんちゃんにも嫌われちまう」

「ああ、そうだ。おせんちゃんが旦那を好いているのは、誰の目にもわかるからね」

おせんはおふくの一人娘で歳は十四、誰からも子犬のように可愛がられていた。外見は育ち盛りの娘といっしょだが、智恵は四つか五つの齢で止まっている。大人になりかけた娘にありがちな恥じらいや戸惑いもない。花木や虫、雲や雨、ありとあらゆるものに興味をしめし、小さなことでもすぐに笑いころげる。

黒目がちの大きな眸子が濡れるのは、母親が目の前から消えてなくなるという恐怖を感じたときだけだ。透けるように白い肌は儚げで、無垢な心に似つかわしい。穢れのない清らかさは、関わった者の心を癒してくれた。

他愛のない娘たちの掛けあいがつづくなか、抜け裏から旋風のような歓声が押しよせてきた。

背の高い浪人者が、近所の洟垂れどもを引きつれてやってくる。

「おや、噂をすれば何とやら、ひなげしの旦那のお帰りだよ」

涼み台に並ぶ娘たちの顔に、ぱっと赤味が差した。

まさか、はなしのネタにされていようとは、結之助は想像もしていない。

月代の伸びきった頭に痩けた頰、色落ちした媚び茶の着物を纏った風体はうらぶれているものの、なるほど、三座の舞台でも映えそうな面つきをしていた。

二尺ほどの短い刀は、左腰ではなく、右腰に差してある。

対峙した侍は例外なく、眉を顰めるはずだ。

百人にひとりといない妻手差。利き手は、左手なのである。

右手はとみれば、肘のあたりを柄頭に載せ、蒼白い肘からさきは懐中に隠している。

涼み台がまた、ざわめきはじめた。

「おや、おきぬちゃんは知らないのかい。あの右手、糝粉細工なんだよ」

「え、どういうこと」

「右腕の肘から下が無いのさ。噂じゃ、自分で斬りおとしたらしいよ」

ほんとうだとすれば、よほど深い事情があったにちがいない。

おきぬは、あまり喋ったことのない結之助に、少し興味を抱いた。

軒先に一陣の風が吹き、表口から色白の娘が飛びだしてくる。

おせんだ。

子鹿のように駆けだし、よく通る声で叫ぶ。

「ひなげしのおっちゃん、夕餉(ゆうげ)はきのこ汁だよ」

「お、そうか」

結之助は恥じらうように微笑み、朴葉(ほおば)で包んだ土産を差しだす。

「『笹(ささ)屋』の串団子だぞ」

「わあ、ありがとう」

おせんの笑顔が弾けた。

「ねえ、おっちゃん、あれをやってよ」

「ん、よし」

請われて頷(うなず)き、結之助は身構える。

わっと、子どもたちの歓声が沸きおこった。

「さて、御覧(ごろう)じろ」

口上は得手でないが、幼い子どもたち相手に恰好つけてもはじまらない。

結之助は手に提げた風呂敷包みを解(ほど)き、商売道具の徳利と豆と鎌を取りだした。

「これなる三つの道具を宙へ抛り、徳利を避け、くるくるまわる鎌の刃で豆だけをふたつに切って進ぜよう」

修練を積まねばできぬ芥子之助の妙技。容易にできる者がいないせいか、浅草の奥山や両国広小路などでは曲独楽についで人気がある。結之助が糊口をしのぐために修得した神業を誰よりも気に入っているのが、ほかならぬ、おせんであった。

ふとした縁に導かれ、ひなた屋で厄介になるときまったとき、誰よりもさきに「ひなげしのおっちゃん」と親しげに呼んでくれたのも、おせんだ。

——おっちゃん、淋しいのかい。

初めて顔を合わせたとき、無垢な娘に尋ねられた。

素直に頷くと、おせんは温かい手で左手を握ってくれた。

忘れもしない。

淋しい。

途轍もなく、淋しい。

あれは、廻国修行の途上であった。

初夏の日だまりに人知れず咲くひなげしの花をみつけ、かぼそい茎が風に揺れる様子を暗くなるまで眺めていた。

ひなげしの奥ゆかしいたたずまいが、六年前に逝った妻の面影と重なった。

――わたしのぶんも生きてください。

いまわに妻が発したことばと、未だに決別できない。

ゆえに、こうして生きながらえている。

下総の湊町に生を受け、元服してからは小見川藩の藩士として忠勤に励んだ。藩内きっての遣い手と評され、将来を嘱望された若侍であったが、とある出来事をきっかけにして、結之助の人生は暗転する。

それから数年後、最愛の妻である琴音を失い、捨て扶持を貰っていた藩に見切りをつけた。しばらく江戸に居を求めたのち、虚無僧寺として知られる青梅の鈴法寺を訪ね、寺で貰った鉢ひとつ携えて関八州を経巡った。

間引きした子を食う親もいれば、疫病で死に絶えた村もあった。飢饉の惨状を目に焼きつけ、生死の狭間でもがく人間の業におもいを馳せた。米を売り惜しんで暴利を貪る悪徳商人や、悪徳商人と結託して百姓を虐げる為政者のあることも知った。名状しがたい憤りを腹に溜めこみ、津軽半島の突端から薩摩半島の南端まで諸国流浪の旅をつづけた。

空腹の辛さも、空腹が理性を奪いさることも、身をもって知った。辻強盗でもやらねば、当座の空腹をしのぐことはできない。崖っぷちへ追いつめられるたびに、妻のことばをおもいだした。

――わたしのぶんも生きてください。

それは、ただ動物のように生きろというのではない。

武士らしく堂々と生きてほしいという切望であった。

禄を捨て、地位を捨て、親類縁者や友からも見放され、双親を亡くし、故郷を捨て、何もかも失ったあとに、武士の矜持だけが残った。それすらも無くしてしまったら、畜生道に堕ちるしかない。生きている意味もなくなってしまう。

昨年夏、何年かぶりで江戸に舞いもどり、生き観音のような女将とその娘に出逢うことができた。ひなた屋に集うひとびとの善意に支えられ、結之助は再生の道をゆっくりと歩んでいる。

「おっちゃん、帰ろ」

おせんに手を引かれ、結之助はひなた屋の敷居をまたいだ。

見世は鰻の寝床なみに奥行きが深く、玄関をはいったところの八畳間には猫板と抽出の付いた長火鉢が夏でも置かれている。

おふくは丸々と太った三毛猫を膝に抱き、鉄火箸で灰を突っついていた。

「あら、お早いお帰りだね」

ふくよかな頬にえくぼをつくり、にっこり笑ってみせる。

愛嬌と度胸が売りの三十路年増だが、色気も失っていない。

「おまえさんにひとつ、験してほしいものがあるんだ」

おふくは悪戯っぽく言い、湯呑みと粉薬を盆に置いて差しだす。

「何だとおもう。いもりの黒焼きだよ。うふふ、いかがわしい行商に貰った惚れ薬さ」

隣から、おせんが口を挟んだ。

「おっかさん、おっちゃんに惚れ薬なんぞ呑ませて、どうするつもりだい」

「洒落だよ。何も獲って食おうってわけじゃない。莫迦な子だねえ。本気で惚れられたら困るじゃないか」

口に手を当てて笑いながらも、頬をほんのり染めている。まんざら期待しないでもないらしい。

結之助は粉薬の包みを取り、かたむけて口にふくむや、水といっしょに流しこむ。

いつのまにか、涼み台にいた娘たちも土間に集まり、固唾を呑んで見守っている。

「あら、呑んじまったよ」

不安そうにみつめるおせんに向かって、結之助は流し目を送った。

「おっちゃん、どう」

おふくがおもわず、身を乗りだす。

「何やら、妙な気分だ」

いったい、相手は誰なんだろうと、みなが興味津々の顔をする。

「それって、惚れ薬が効いたってことかい」

待ってましたと言わんばかりに、三毛猫が「なあご」と鳴いた。

「ふむ、そうかもしれん」

「まさか、三毛に惚れたんじゃあるまいねえ。そういや、この子、雌猫だったよ」

おふくの台詞に、どっと笑いが起こった。

ちょうど、そのとき、誰も居ないはずの涼み台に、大きな人影がひとつ蹲っていた。

娘たちの陽気な笑い声に耳をかたむけ、口の端を吊りあげて笑う。

深編笠をかぶった侍だ。

吹き流しのように左袖が風に靡(なび)いていた。

三

葉月(はづき)にしては、冷たい雨が降っている。

結之助は甘い香りに誘われて、築地(つきじ)の采女ヶ原(うねめがはら)までやってきた。

大樹の陰で花弁を濡らしているのは、咲いたばかりの白粉花(おしろいばな)だ。

薄闇を照らす道標(みちしるべ)のように、そのひと叢(むら)が白々と浮かびあがってみえる。

顔を近づけると、何とも言えず甘い香りがした。

「これ、隻腕(せきわん)のおひと」

鍼灸師(しんきゅうし)の関口慈安(せきぐちじあん)に声を掛けられ、結之助は我に返った。

「夜鷹が好む夕化粧じゃ。采女ヶ原に差しかかると、そこはかとなく漂うてくる。血腥(ちなまぐさ)い臭いとともにな。むふふ、わしは目がみえぬかわりに鼻がよう利く。野面(のづら)に佇む夜鷹の匂いも、木陰に潜む人斬りの匂いも、容易に嗅ぎわけられる」

節気が白露に移ってから、土手下や火除地や寺社境内で人斬りが横行しはじめた。犠牲になった者のなかには、食うために春をひさぐ女たちも多くふくまれていた。

世相は暗い。六年つづきの不作で、日本全土は未曽有の飢饉に瀕している。飢え死にしたくなければ、施し米を求めて長蛇の列に並ぶか、夜盗辻斬りに堕ちるしかない。堕ちた連中に斬られて死ぬことほど、悲しい運命もなかろう。

「やりきれぬわい」

重い溜息を吐く慈安は、ただの鍼灸師ではなかった。

還暦を迎えるまでは千代田城に招かれ、前将軍家斉の鍼灸治療にもあたった。凝りを除く名人との評を聞きつけ、御三家や名だたる雄藩の殿様からもお召しがある。

慈安を頼る者のなかには、かつて幕閣の中核を担った人物もふくまれていた。

「わしの身を案じた御前が、おぬしを用心棒につけてくれたのさ。ありがたいはなしじゃが、正直、いらぬお世話よ。わしはこうみえても、居合抜きの達人でな。ほれ、握っておるのは仕込み杖じゃ。中身は美濃の関鍛冶に打たせた鋼での、よう斬れるぞ。ちなみに、おぬしの差料に銘はあるのか」

「茎に正の一字が彫ってござります」

「正とな」

「上野介正国の正ではないかと」

「加藤清正公に庇護された名匠ではないか。さすれば、愛刀は同田貫か」

「いかにも」

刃長二尺二寸、厚重ねの逸品である。

御徒町の古道具屋で運良くみつけた。贋作の無銘正宗を薦められたとき、古道具の端に積まれた鈍刀の山に目が吸いよせられたのだ。無骨な肥後拵の黒鞘を拾い、手にしっくりきた立鼓の柄を握って抜刀すると、乱刃の本身があらわれた。肉厚の鍔の表には野晒しの髑髏が彫られ、裏には「南無妙法蓮華経」という髭題目が肉彫りされてあった。鉄屑の山から掘りあてた宝物を二束三文で手に入れ、佐柄木町に住む熟練の研ぎ師に研いでもらい、手間賃の安い鞘師に妻手差用の鞘を作らせた。

「同田貫か。抜かせてみたいものよのう」

「戯れ言を仰いますな」

「抜かせたところで、みえやせぬわ。はは、剣客ならば存じておろう。越前の剣聖冨田勢源は盲目であったにもかかわらず、一流派を築いた。そうした例もある。目のみえぬ者は気配を察するに敏でな、修行次第では相手との間合いを一寸の狂いもなく計ることができるのじゃ。わしに用心棒はいらぬ。されど、御前はどうしてもと、おぬしを推輓なされた。聞けば、隻腕の剣客であるという。その者が利き腕を失った経緯を聞くにつけ、わしは朝比奈結之助なる人物に会いたくなったのさ」

ふたりは前後になり、縹渺とした野面の端をのんびり歩いている。

慈安の屋敷は、三十間堀の北端に架かる紀伊国橋のそばにあった。

愛宕下薬師小路の大名屋敷に住む「御前」は、肩や背中の経絡に鍼を刺されながら、いったい何を喋ったのだろうか。

「今から十余年前のはなしじゃ。下総は小見川藩の先代藩主伊勢守正容さまの御前で、みずからの利き腕を断った剛の者がおったそうな。その者の妻女は城下でも評判の美人でな、下総の虞美人と評されておった」

好色な殿様が虞美人の評判を聞きつけ、参勤交代で国許へ帰ったおりに召しだし、不運にも見初めてしまった。

そもそも、伊勢守正容は大身旗本から大名家の養子になった人物で、全身に刺青を彫ったり、奥女中に褌を締めさせて相撲を取らせたり、何かと素行に難があった。それゆえ幕府の不興を買い、一昨年、不行跡との理由から三十八歳で隠居させられ、十歳の嗣子正道に家督を譲っている。十余年前の陰惨な出来事も、悪しき藩主の気まぐれから生じたことだった。

「その者は将来を嘱望された若侍じゃった。しかも、藩内きっての遣い手でな、馬廻役に抜擢されたばかりであったという」

妻女を側室にあげさせよとの奔命を受け、使者役の重臣は弱りきった。夫が類い希なる忠義の士であることも、妻女との仲が誰もが羨むほど睦まじいことも聞きおよんでいたからだ。

「悲しいかな、いかに理不尽な仰せであろうと、臣下たるもの、主命を全うしなければならぬ。使者はまず、両家の親と親類縁者を説きふせ、周到に外濠を埋めたあと、本人たちのもとへ口上を述べに向かった」

夫婦とも、黙って口上を聞いていた。使者は諾と受けとったが、それから一刻足らずののち、夫が脇差のみを帯びたすがたで陣屋にあらわれ、藩主に目通りを請うた。重臣はこれを却けたが、騒ぎを漏れ聞いた藩主本人が目見えを許してしまった。

「夫は中庭に招じられた。そこからが修羅場じゃ」

濡れ縁に立った藩主を面前にして、夫は凛然と発した。

「どんなことがあろうと、最愛の妻を側室にはあげられぬ。かわりにこれをと言うが早いか、みずからの右腕を突きだし、左手に握った脇差で一刀のもとに断ったのよ。玉砂利は血の海じゃ。夫は血の気の失せた顔で『お慈悲を、お慈悲を』と懇願しつづけた。悲痛な叫びも虚しく、殿様は鼻白んだ顔で『捨ておけ』とだけ吐いたという。情けの欠片もない殿様よな」

重臣のひとりが夫の勇気に感銘を受け、配下に手当を命じた。おかげで、夫は一命をとりとめた。しかも、家名断絶のうえ、領外追放の沙汰を受けても仕方のないところであったが、重臣のはからいで、夫婦は目立たぬところに住まいを与えられ、秘かに捨て扶持をあてがわれた。

「陣屋の中庭で起こった出来事については箝口令が敷かれた。されど、調べればすぐにわかることじゃ」

薬師小路の「御前」が調べさせたのだとわかり、結之助は鬱々とした気分にさせられた。忘れたい過去を他人にほじくりかえされるのは御免だ。

慈安は亀のように歩みながら、淡々と喋りつづける。

「殿様への忠義ではなく、妻女への恋情を選ぶとは驚きじゃ。禄を喰む者ならば、あきらめて妻女を藩主に差しだす。常識で考えれば、それが夫の選ぶべき道じゃった。されど、どこの誰が公の場で、妻女の貞操を守るために腕を落としてみせられようか。それだけの深いおもいを妻女に捧げられる侍が、どこの世におる。しかも、その者は小見川藩きっての剣客。利き腕を失うことは、死ぬよりも辛いはずじゃ。むしろ、腹を切ったほうが楽であったのに、敢えて利き腕を断って生きようとした。必死に生きながらえることで、殿様の理不尽を断罪しようとしたのじゃ……嗚呼、人の意志とはこれほどまでに強靭なものなのか。陣屋の中庭での壮絶なくだりを聞いたとき、わしは身震いを禁じ得なんだ」

慈安は黒雲の流れる天を仰ぎ、滂沱と涙を流しはじめる。

結之助の心は、ぐらりと揺れた。

「ふっ、わしとしたことが、感極まってしもうたわい。可笑しいな。目はみえずとも、涙は溢れてくる。御前はわしに仰った。その者は隻腕となっても厳しい修行を重ね、ひとかどの剣士になったのであろうとな」

結之助は、髪も眉も真っ白な老人の顔を思い浮かべた。

牧野忠精、越後長岡藩七万四千石の第九代藩主にして名君の誉れ高く、幕閣の老中までつとめた人物にほかならない。

六十九歳で老中に再任され、七十二歳で職を辞した。今から八年前、天保二年のことだ。半世紀近く将軍の座にあった家斉は還暦を過ぎてから、ようやく隠居を決断した。ところが、大御所となって西ノ丸へ引っこんだ今も公然と権力を誇示し、何かにつけて政治に口出しをする。格別に信頼の厚い忠精にたいしても「厄介事を解決せよ」との奔命が隠密裡に下されてきた。

忠精はみずからを「忠兵衛」と呼ばせ、平常は身分を隠している。

愛宕神社の境内で偶然命を救ったことがきっかけになり、結之助は配下となって隠密働きをせぬかと誘われていた。

この世には権謀術策がはびこっておる。無償で誰かの手助けをしてやろうとか、みずからの命を擲ってでも弱い者を救おうとか、そうしたことのできる者は皆無に等しい。

屋敷に呼ばれ、そう諭された。

忠精の素姓を知ったうえで集う者たちは、権力に媚びる手合いばかりだった。

人並み優れた智恵者であろうが、天下無双の剣客であろうが、見返りを求める者は要らない。人の痛みがわかる者でなければ、人を裁いてはならぬ。

おぬしほど、わしの条件に適う者はおらぬ。腕も胆も一級品じゃ。

そうとわかれば、どのような手を使ってでも、配下にくわえたいとまで請われ、何度か断ったが、あきらめてくれない。剣の力量と胆力を惚れこまれ、みずからが好んで描く水墨の題材でもある「雨竜」という別称まで頂戴した。

八十年も生きながらえて、本物の武士と呼べる男は十指に足りぬ。

おぬしは馬の骨ではない。雨竜じゃ。さよう、自在に雨を呼ぶ雨乞いの竜じゃ。

旱天に慈雨をもたらす恵みの神よ、と忠精は恍惚とした顔で説いた。

信じがたいはなしだが、結之助に雨竜の相をみたのだという。

いったい、何をすればよいのかと、ためしに問うたことがあった。

きまっておろう。悪党どもを斬ってすてるのじゃ。

甘い汁を吸う連中の陰には、明日をも知れぬ悲惨な暮らしを強いられた貧乏人たちが大勢いる。そうした連中の溜飲を下げてやるためにも、悪の根を断たねばならぬ。

正義のために闘うのじゃ。悪党を平気な顔でのさばらせてはならぬ。

そんなふうに、忠精は眉を怒らせた。

みよ、あの水墨を。わしの描いた雨竜じゃ。

あれはおぬしよ。
旱天の慈雨となれ。
人々の渇きを癒すのじゃ。
器量を見込まれ、嬉しかった。
誰かの役に立ちたい、必要とされたいと、心の片隅では望んでいたのだ。
ただ、いまだに、明確な返答はしていない。
迷っている。
結之助は、飼い慣らされた犬にだけはなりたくなかった。
眉月は群雲に隠れ、采女ヶ原はどこまでも昏い。
人を喰らう怪鳥が潜んでいるかのようだ。
闇が足許に忍びより、冥界へ引きずりこもうとしている。
おもわず、刀の鯉口を切った。
「どうかしている」
結之助は苦笑した。
いちど地獄をみた者が、いったい何を恐れるのだ。
が、あきらかに何かを恐れている。

足が重い。鉛の草履を履いているようだ。

慈安が沈黙を破った。

「おぬしの修めた剣は、無住心剣術であったな。それは腕を失ったあとのことか」

「いかにも」

「小見川のそばには、香取神宮も鹿島神宮もある。若い時分に修めたのは、無住心剣術ではあるまい」

「天真正伝香取神道流にございます」

「やはりな。されば何ゆえ、無住心剣術を選んだのじゃ」

同流は針ケ谷夕雲が興し、小田切一雲によって継がれたまぼろしの流派といわれている。出家した一雲の号をとって空鈍流とも称する無住心剣術は、古今無双の剣理を有するとも評されていた。

「極意に惹かれました」

結之助が素直に応じると、慈安は微笑んだ。

「無住心剣術の極意か。是非とも、教えてほしいものじゃ」

「ただ、太刀を掲げて落とすのみ」

「ん、それだけか」

名だたる兵法者によって、必殺の一手は「嬰児の戯れにも似る」と喩えられた。

何ひとつ細工のない太刀行にみえ、その実、奥は深い。

「なるほど、理に適っておるやもしれぬ。隻腕なればこその極意じゃ。それにしても、修めるまでには並々ならぬ苦労があったであろう」

結之助は足を止め、苦しそうに吐きすてる。

「いっとき、修羅になりました」

「修羅とな」

「廻国修行の先々で道場破りを」

「数年で腕をあげるには早道かもしれぬ。して、破った道場の数は」

「五十は超えておりましょう」

「破った道場の数だけ、恨みも買うてきたわけじゃな。ふふ、おもしろい」

ひとしきり笑い、慈安は真顔で発した。

「御前をだいじにせよ。あの方はおぬしにぞっこん、惚れこんでおる。そうした人物に巡りあえることなど、そうあることではない」

ふっと口を噤み、慈安は足を止めた。

耳を澄ませ、鼻をひくつかせている。

「何か、おるぞ」

突如、帛を裂くような女の悲鳴が響いた。

四

野面に白々と浮かんでいるのは、斬られた夜鷹の屍骸だった。

駆けよってみると、待ちかまえていたように人影が三つあらわれた。

うらぶれた風体の浪人たちで、呑気に提灯をぶらさげている。

正面のひとりは、血の滴る白刃を晒していた。

「おぬしが殺ったのか」

結之助は怒りを抑え、静かに発した。

「さよう。わしは人斬りが三度の飯より好きでな」

ほかのふたりが、結之助の右側にまわりこむ。

妙だなとおもった。

義手を付けた右側が狙い目とわかっているかのようだ。

「くく」

正面の男が、囀るように笑った。

「夜鷹は餌だ。おぬしを釣るためのな」

「何だと」

「おぬし、かなりの遣い手と聞いたが、われらもそれなりに遣うぞ」

腰の据わりをみれば、強がりでないことはわかる。

「雇われたのか」

「ああ。ひなげしの素首を獲れば、五十両と六文になる。六文は三途の川の渡し賃よ」

「雇い主の名は」

「名は知らぬ。潮まねきとか呼ばれておったわ」

「潮まねき」

記憶をたどっても、そのような綽名は浮かんでこない。

「素姓は知らぬし、知りたいともおもわぬ。欲しいのは金だけよ」

正面の男は薄く笑い、足許に提灯を抛った。

血塗(ちまみ)れの刀身を青眼(せいがん)に構え、一歩踏みだす。

ほかのふたりも提灯を捨て、刀を鞘走(さやばし)らせた。

「へや」

鋭い踏みこみから、正面の男が突いてくる。

結之助は躱(かわ)しもせず、白刃の先端をみつめた。

「もらった」

男が叫ぶ。

と同時に、結之助は消えた。

絶妙の間合いで、身を沈めたのだ。

しゅっと、刃風が鳴った。

いつのまにか、結之助の左手には白刃が光っている。

「ぬかっ」

男は血のかたまりを吐き、前のめりに倒れた。

抜き際の一撃は、脾腹(ひばら)を深々と掻(か)いていた。

「こなくそっ」

二番目の浪人は、みればそれとわかる山出(やまだ)し者だ。

雇い主に教えられたとおり、義手を付けた右側に斬りこんでくる。
「つおっ」
八相からの袈裟懸けだった。
気合いを発したそばから、ぶはっと血を吐く。
結之助が素早く反転し、逆袈裟に斬ったのだ。
「きえっ」
間髪を容れず、三人目が背後から斬りかかってきた。
振りむいたところへ、真っ向から斬りおとしてくる。
一刀流の遣い手だが、結之助にはまったく通用しない。
白刃が虚しく地を叩いた拍子に、五分月代がぱっくり裂けた。
三人の捨てた提灯の炎は、まだ赤々と燃えている。
結之助は呼吸ひとつ乱さず、血振りを済ませた。
「くっ」
悲しくもないのに、涙が溢れてくる。
憐れみでも、自責の念でもない。
なぜかはわからぬ。

誰かを斬ったあとはきまって、涙がとめどもなく溢れてきた。

以前から、涙の理由を探しあぐねている。

「詮無いことか」

涙も拭かず、同田貫を黒鞘に納めた。

「ん」

胸騒ぎがする。

「慈安どの」

叫びあげ、結之助は地べたを蹴った。

前歯を剝き、野面の端へ舞いもどる。

苔生した石地蔵が、ぽつんと立っていた。

血塗れの人物が、石地蔵に背を凭せている。

「ああ、慈安どの」

頭上の黒雲が割れ、かぼそい月明かりが射しこんだ。

慈安は虫の息だ。

「しっかりなされ」

呼びかけると、瞼がわずかに震えた。

「お、おぬしか……つ、杖を」

慈安は白濁した眸子で訴え、空を摑もうとする。

すぐそばに、細身の刃が転がっていた。

「し、知らぬ間に……き、斬られておった」

「もう、おはなしになられますな」

「わ、わからぬ……ぐ、ぐえほっ」

慈安は激しく咳きこみ、血を吐いた。

臍下（せいか）を深々と裂かれている。

もはや、手のほどこしようがない。

「や、刃の出所が……わ、わからぬ」

がくっと首が落ち、左腕に重みが伸しかかった。

「慈安どの、慈安どの」

こときれたとわかっても、結之助は名を呼びつづけた。

役目を果たせなかった自分への怒りが、腹の底から湧いてくる。

と、そのとき。

前触れもなく、石地蔵の頭に亀裂がはいった。

立木を裂いたかのように、ゆっくり左右に分かれていく。

「おおっ」

さすがの結之助も、驚きを隠せない。

堅固な石地蔵が、まっぷたつにされていた。

しかも、よくみれば、頭は血に塗れている。

慈安を斬った刃で両断したのだ。

周囲に目を凝らしても、人影はなく、気配すらもない。

ただ、漆黒の野面には瘴気のようなものが漂っていた。

五

翌日、慈安は荼毘に付された。

結之助は夜も更けてから、愛宕下薬師小路にある越後長岡藩の中屋敷を訪ねた。

家来に案内された離室で待っていたのは、主人の忠精ではない。

江戸家老の佐久間監物と筆頭目付の深堀左内だった。

「二度と面をみせぬとおもうたが、来おったか」

佐久間はいつも顔が赤い。温厚な性格で、喋り方もおっとりしている。

「忠兵衛どのは、どうなされたのです」

結之助が先代藩主を気安く呼んでも、忠精自身の強く望んだことなので、佐久間は意に介さない。

「大殿は臥せっておられる。深い悲しみに暮れておられるのよ。慈安どのはかけがえのないお方であったからの。それにしても、とんだ失態を演じてくれたのう」

結之助は下座に座り、平蜘蛛のように平伏す。

「すべては拙者の責任、申しひらきのしようもござりません」

「腹でも切るか」

「お望みならば」

「ふん」

佐久間は鼻を鳴らし、寝不足の眸子を向ける。

「おぬしなら、やりかねぬわい。真に受けるなよ」

長岡藩七万四千石を仕切る江戸家老が、一介の浪人とさしで会話を交わしている。

それだけでも信じがたい光景であったが、結之助はすでに忠精の命で何度か隠密働きをおこなっており、佐久間とのあいだには強い絆が芽生えつつあった。繰りかえすようだが、忠兵衛こと忠精は長岡藩の先代藩主である。世嗣忠雅は幕府の重職に就いており、実務を司る佐久間は内外に八面六臂の活躍をみせていた。忙しない役目の合間を縫って、銭瓶橋の上屋敷から早駕籠を飛ばしてきたのだ。

一方、脇に控える筆頭目付の深堀左内は切れ者として知られ、藩で選りすぐりの抜刀隊を率いている。自身、千鳥十文字槍の名手でもあった。結之助とも面識があり、剣客としておたがいの力量には一目置いていた。

佐久間が襟を正し、喋りだす。

「いずれ、慈安どのに凶事が降りかかるやもしれぬと、大殿は常より案じておられた。それゆえ、おぬしをつかせたのよ」

「どういうことです」

刺客を向けられる理由でもあったのだろうか。

「ここだけのはなし、慈安どのには間諜の役目をお願いしておった」

鍼灸治療に託けて、とある藩に出入りし、内情を探っていたらしい。

「とある藩とは」

佐久間は一拍間をあけ、溜息とともに漏らす。

「上州の高崎藩じゃ」

御用達の絹糸問屋が同藩の重臣と結託し、上州一帯で産する絹糸を買い占め、相場を操って巨利を得ている節があった。その探索を、幕府から隠密裡に依頼されていたのだという。

「きっかけは目安箱よ」

不正を訴えた名主は、養蚕農家を束ねる高崎近郊の長左衛門という人物だった。が、もはや、この世にいない。ひと月ほどまえ、酒に酔って川に落ち、溺れ死んだ。

下戸だったらしく、酒を呑んだことがまずおかしい。地元では何者かに酒を無理に呑まされ、殺されたという噂が立っていた。

「左内、おぬしの配下が高崎まで足労して調べた件、朝比奈どのに説いてやれ」

「は、されば」

促されて深堀左内は、結之助に向きなおる。

「名主の家族でさえも口を噤んでおったのですが、やはり、無理に酒を呑ませた連中がおりました。所の破落戸を束ねる茂利平の乾分にござります」

そのうちのひとりを引っ捕らえ、責め苦を与えて口を割らせたところ、亡き者にする目的で名主の長左衛門を酒漬けにし、川へ落としたと告げた。

深堀の言を、佐久間が引きとる。

「茂利平なる悪党は、御用商人の妙義屋と裏で繋がっておる。確たる証拠はないが、大金を貰って汚れ仕事をやらされているようでの」

妙義屋の主人菊右衛門こそが、養蚕農家から絹糸を安価に買い占めている悪徳商人らしかった。茂利平は買い占め工作にも深く関わっており、言うことを聞かない養蚕農家があると、脅したり暴行したりすることもあった。

「慈安どのは、妙義屋と通じている重臣の正体を探っておられた。それが誰なのかはほぼわかっておったし、黒い繋がりをしめす証拠も入手できる寸前だった。そうしたやさき、間諜と勘づいた敵に刺客を差しむけられたのだ。すまぬことをしたと、大殿は繰りかえしておられる。自分が殺したようなものだと、悲しげにつぶやかれてな」

「妙ですね」

結之助がこぼすと、佐久間は首をかしげた。

「妙とは」

「刺客どもの狙いは慈安どのではなく、拙者にございました」

「何だと」

佐久間はどんぐり眸子を瞠り、さきを促す。

「少なくとも、三人の浪人は拙者を狙っておりました。夜鷹を餌にしておびきよせたとも、ひなげしの素首を獲れば五十両と六文になるとも申しておりました。拙者を斬るために雇われたのです」

三人と斬りむすぶあいだに、四人目の刺客が慈安を殺めた。

慈安が狙われた理由は不明だ。

「おぬし、何か心当たりでもあるのか」

「拙者を恨んでいる者は大勢おります」

「ほう、どういうことだ」

「廻国修行の途にあったころ、行く先々で道場破りをいたしました」

「なるほど、破った道場の数は」

「五十は超えておりましょう」

「ふうむ」

佐久間は腕組みをし、深堀に意見を求めた。

「左内、板の間の申しあいとはいえ、敗れた者は辛かろうの」

「程度の差はありましょうが、生涯、恨みにおもう輩がいても不思議ではございません」

「やはり、そうしたものか。かりに、朝比奈どのを狙ったのだとすれば、慈安どのは巻きぞいを食ったことになる。のう、左内」

「どちらを狙ったのか、判断はつきかねますな。慈安どののほどの遣い手が一刀のもとに斬られたことも気になります。生きのこった四人目の刺客は石地蔵を一刀両断にせしめたとの由。そうとうな力量の持ち主と判断せざるを得ませぬ」

対峙した男の口から出た「潮まねき」という綽名が脳裏を過ぎった。

四人目の刺客が最強だったとすれば、なぜ、勝負を挑んでこなかったのだろう。

やはり、慈安の命を狙っていたのか。

「いずれにしろ、敵の正体を見極めねばなるまい。そこでだ。まずは妙義屋を見張るのが得策だとおもうが、どうであろう」

有無を言わせぬ調子で、佐久間は睨みつける。

「朝比奈どの、慈安どのの弔い合戦でもある。やってくれるな」

仕方なく、結之助は頷いた。

六

高崎藩八万二千石を治める松平右京亮の中屋敷は、本郷の高台にある。殿様の官位名に因んで右京山とも呼ばれる屋敷内から西を見渡せば、すぐそばに御三家の水戸屋敷がみえ、さらにそのさきには千代田城の甍が夕陽を浴びて赤銅色に煌めき、遥か彼方には霊峰富士をのぞむこともできる。

おりんは結髪道具を納めた道具箱を提げ、右京山の東から鐙坂を下り、空き地を横切ってどんつきを右手に曲がると、江戸屈指の長さで知られる菊坂をのぼりはじめた。

坂名のとおり、長月になれば菊花を商う仮小屋が軒に並ぶ。

炭団坂下、本妙寺坂下と通りすぎ、なだらかな菊坂をのぼりきれば、旅人や荷駄の行き交う中山道へ達した。

この辺りも高台なので、頂きを赤く染めた富士山がよくみえる。

おりんは振りかえりもせず、大路に沿って建てられた大店の敷居をまたいだ。

高崎藩御用達の絹糸問屋、『妙義屋』である。

「おや、おりんさんかい」

帳場に座った顔見知りの番頭が、気軽に声を掛けてきた。

「大旦那が奥でお待ちかねだよ。急いどくれ。今宵はだいじなご接待があるからね」

「承知しておりますよ」

つくった笑みを返し、下女奉公の若い娘に目をとめる。

番頭は目敏く察し、娘の名を口にした。

「おきぬとは初めてだったね。ついせんだって、芳町の口入屋から紹介されたのさ。おまえさんと同じ、上州の出だよ。家は貧しい養蚕農家でね、可哀想に、大火事で村ごと焼けちまい、お蚕さまも台無しになっちまったんだとさ」

焼けだされた村人たちは生活の道を失い、ほとんどが逃散してしまった。おきぬの父親は首を縊ったのだという。

「おっかさんは幼い弟や妹を食わせるために、姉のおきぬを山女衒に売った」

悲惨なはなしだ。不幸な自分の生いたちと重なった。

おりんも上州の貧しい養蚕農家に生まれ、飢饉で双親や兄弟を亡くしていた。

「おりんさん、仲良くしてやっとくれ」

番頭の優しいことばに、おきぬは頬を染める。

可愛らしい娘だなとおもいながら、おりんはにっこり微笑んだ。

「よろしくね」

「こちらこそ、どうぞよろしくお願いします」

丁寧にお辞儀をされ、こそばゆい感じがした。

おりんは逃げるように勝手へまわり、奥の離室へ向かう。

主人の菊右衛門は、首を長くして待っていた。

「おほほ、来たな」

腕を搦(から)めとられ、強引に抱きよせられた。

おりんはやんわりと拒み、艶めいた口調で諭す。

「いけませんよ。奥さまに知られたら、たいへんでしょう」

「なあに、かまやしない。わたしの甲斐性で食わせてやっているのだ」

菊右衛門は、生まれもった傲慢さを隠しもしない。

おりんの懐中に手を差しいれ、乳房をまさぐろうとする。

「旦那、おやめくださいな」

上手に身を躱すと、鼻の下を伸ばした五十男は溜息を吐いた。

「そうやって、おまえはいつも焦らす」

「うふふ、焦らされるのはお好きでしょう。でも、今宵はたいせつな宴、そろりと髷を結いなおさねばなりません」

「ふん、おもしろくもない」

「そんなことを仰ったら、鳴海さまに叱られますよ。絹糸相場で大儲けできるのも、鳴海さまあってのことなのでしょう」

「勘違いするな。妙義屋菊右衛門あっての鳴海隼人丞よ。ふん、所詮は宮仕えの小心者さ。あんなやつ、賄賂を積めばどうにでもなる」

「ふふ、頼もしいお方」

おりんは撫でつけ用の平櫛を貝髷に挿し、菊右衛門の背後に立った。

鋏を使って元結いをぷつっと切り、器用に髪を梳きはじめる。

鬢付け油が匂いたつと、菊右衛門はようやく静かになった。

「高崎の御城下は、どうであった」

「代わりばえしませんでしたよ」

「妙だな」

「どうして」

「輝承公が急逝なされたばかりだ。江戸の御屋敷では跡目相続の件やらなにやらで、御歴々から下々まであたふたしておるぞ」

「殿様がお亡くなりになったんですか。それはそれは、ご愁傷様で。お城勤めのお侍ならいざ知らず、たぶん、高崎城下に住まう町人たちは知らないとおもいますよ」

第七代藩主の松平輝承は奏者番という重職に抜擢されていたにもかかわらず、重い病を患い、二十三歳という若さで歿した。嗣子が無いため、家督は五千石の大身旗本から二十歳の次男を養子に迎えて譲るという手筈になったが、新しい藩主がどのような人物なのかは、御用商人の菊右衛門も報されていない。

できれば、意見や信念を携えた英邁な殿様ではなく、重臣にすべてを委ねるしかない愚昧な人物であってほしいと、欲惚けした商人は願っているようだった。

「茂利平から吉報はないのか」

「吉報かどうかわかりませんけど、御領内の養蚕農家で大火事があって、村ひとつまるごと焼けちまったそうですよ。倉賀野の河岸でも、絹糸を積んだ高瀬舟が何艘も燃えたんだとか」

「うほっ。あやつも、やりおるわい」

悪徳商人が産地の顔役に命じ、非道な手を使って養蚕農家を逃散に追いこませているのだ。

絹糸の出荷が減れば、品薄となって相場はあがる。頃合いをみて、買い占めていた絹糸を市場に出せば、高値で売れる。相場でも儲け、商品取引でも儲け、あれよという間に妙義屋は身代を肥らせてきた。

相場を監視する藩の重臣は賄賂漬けにしているし、産地の押さえは破落戸を束ねる元締めに任せている。

もはや、恐い者はないと、菊右衛門は常から豪語していた。

妙義屋が儲ける裏では、泣いている大勢の貧乏人たちがいる。

まさに、おきぬも犠牲になった者のひとりだとおもえば、おりんも平常心ではいられなくなる。

だが、この身ひとつで生きていくためには、心を鬼にしなければならない。

鬼になれ、鬼になれと、おりんは胸の裡で繰りかえした。

「茂利平親分は高崎の御城下どころか、今や上州一円に名を馳せておりますよ。それもこれも、旦那が後ろ盾についてくれたおかげだと、親分は感謝しておられました」

「茂利平は若いのに賢い。あやつとは持ちつ持たれつの関わりさ」

「そういえば、潮まねきの旦那も同じことを仰いましたよ」

「潮まねきだと。おまえ、あんな人斬りと付きあっておるのか。茂利平の紹介でいちど会ったが、あれは化け物だぞ。板鼻宿のひょうたんで六文銭の与四蔵親分と乾分どもをみなごろしにしたと聞いたが、あの男ならやりかねぬわ。おまえ、まさか、あの男に抱かれたのか」

「よしてくださいな。わたしは茂利平親分に言われ、連絡役(つなぎ)をやらされているだけですよ。そんなこと、旦那だってご存じのはずじゃありませんか。わたしはね、誰のものでもないんです」

「だったら、わたしのものになれ」

「ほほほ、旦那がお望みなら。でも、すぐに飽きちまいますよ。捨て猫みたいに捨てられて、冷たい雨に打たれながら震えている。それだけは、ごめんですからね」

「ふん、捨て猫か」

菊右衛門はつまらなそうに吐きすて、はなしをかえた。

「鍼灸師のことだが、おまえはどうして、慈安が怪しいとわかったのだ」

「勘がはたらいたんですよ」

「勘か」

「ええ。初見で怪しいとおもい、紀伊国橋のそばの屋敷に出入りして探ったんです。そうしたら、おもったとおり、ぼろを出した」

「おまえのおかげで、大事にならずに済んだ。危ういところを救われたと、鳴海さまも感謝しておられたぞ」

「高崎藩八万石の勘定奉行に、恩を売ることができましたね」

「ふふ、そういうことだ。しかし、あの鍼灸師が間諜だったとはな」

「飼い主の正体が、いまひとつわからないんですよ」

「どうせ、大目付の密偵さ。いずれにせよ、鳴海さまもいっそう身辺にお気を配りなさるだろう。そういえば、慈安の用心棒もかなりの遣い手だったらしいな」

「ひなげしっていうんですよ」

「潮まねきが恨みを抱いておると聞いたぞ」

「茂利平親分ですね。余計なことを喋ったのは」

おりんは髷を結う手を止め、白髪の交じる菊右衛門の頭髪を睨んだ。

「わたしなんぞに、お侍の事情はわかりませんけど、旦那から慈安殺しを請けおった理由も、ひなげしを苦しめてやりたいからだと聞きましたよ」

「まどろっこしいことをせずに、斬ってしまえばよいものを」

「斬れば楽しみがなくなるのだそうで」

「ふん、勝手にするがいいわ」

菊右衛門は座ったまま、ぽんと膝を叩いた。

「そういえば、忘れておった。鳴海さまへの手土産だ」

「餅入りの菓子折りですか」

「ほかにも所望なされた。娘だ。鳴海さまは色狂いの困った御仁でな、面倒なことに生娘を好まれるのよ」

「生娘」

「ああ。今宵すぐにとは言わぬが、誰か、あてはないか。礼は弾むぞ」

おりんの心には、鬼が棲んでいる。

ふと、おきぬの顔が浮かんだのだ。

七

翌日。

朝方に降った雨も、午前には熄んでくれた。

おふくはしきりに、大店に住みこみで女中奉公しはじめた娘のことを案じていたが、おきぬという名を告げられても、結之助にはぼんやりとしか顔が浮かんでこなかった。

杉ノ森稲荷へ向かう道すがら、蔭間茶屋の居並ぶ芳町の露地を歩いていると、大きな声で名を呼ぶ者がある。

「ひなげしの旦那。うふふ、こっち、こっち」

武張ったからだつきに鰓の張った四角い顔、薹の立った蔭間が手招きしている。

京次だ。

知らぬふりをすると、存外にすばしこい身のこなしで追いかけてくる。

「逃がさないよ。とんとご無沙汰じゃないか」

「そうだったかな」

「あっちのご趣味がないってことは承知之介さ。だけど、ちょっくら顔を出しても罰はあたらないだろう。ね、あたい旦那に、ほの字なんだからさ」

京次の片思いは、ひなた屋のみなも知っている。

はなしのネタにされたこともあったが、今ではからかう者もいなくなった。

「お寄りなさいな。粉の吹いた煉羊羹があるから、食べておいきよ」

左腕を搦めとられ、派手な染め暖簾の掛かった茶屋へ引っぱりこまれる。

見世の名は『五右衛門』といった。釜茹での釜と、おかまを引っかけたらしい。

「茹でられるまえに釜を抜けってね。けつの穴が小さいやつは出入り御免だよ」

茶屋の持ち主は三座の女形で、如才のない京次は見世のいっさいを任されていると聞いたが、はっきりしたことはわからない。どうでもよいことだ。

案内された部屋は、坪庭のみえる八畳間だった。畳の縁は錦糸入りで、床の間には違い棚までしつらえてある。軸に描かれたのは坊主と蔭間が戯れる危な絵、白磁の一輪挿しには坪庭で摘んだ木槿の花が挿してあった。

槿花一朝の夢ともいう。一日花の儚い運命に、蔭間たちはおのれの一生を重ねているのだ。

「白磁に薄紅色が映えるだろう」

京次はみてくれとちがい、繊細な心を持っている。弱い者にみせる掛け値のない優しさゆえに、結之助も心を許すことができた。

「さあ、お食べ。旦那は上戸(じょうご)だけど、甘いものにも目がないって、ひなた屋の女将さんが言ってたよ」

「余計なことを」

文句を言いながらも、厚切りの煉羊羹を口へはこぶ。

「どうだい」

「ん、美味(うま)い」

「お茶じゃなくて、お酒にしようか」

「いいや、遠慮しておこう」

「今から稼ぎに行くのかい。手許が狂ったら、困るものね」

京次は鎌が甲に刺さるまねをして、けたけた笑ってみせる。

「ところで、紋蔵(もんぞう)親分に何か聞かれたかい」

「いいや、何も」

「あら。余計なことを喋っちまったよ」

「何があった」

「ご存じないの」

昨夜遅く、富沢町の露地裏で夜鷹がまた斬られた。

古着商が軒を並べる富沢町なら、芳町から目と鼻のさきだ。

この辺りを縄張りとする岡っ引きの紋蔵は見廻りの呼子を聞き、すぐに辻斬りと察したらしい。

「親分は旦那に助っ人を頼もうと、ひなた屋を訪ねてみた。どっこい、旦那は留守だった。ひょっとしたら、富沢町の辺りをうろついていたんじゃねえかって、冗談半分に言っていたよ。どうなんだい」

真顔で糾され、返答に詰まった。

昨日は夕刻から、妙義屋を張りこんでいた。すっかり辺りが暗くなってから、菊右衛門の乗った宝仙寺駕籠を追い、深川の料理茶屋まで足を延ばしたのだ。喋って聞かせられる内容でもないし、喋っても怪しまれるだけなので、結之助は苦しい言い訳をせざるを得なかった。

「月がきれいでな、鎧橋の桟橋から釣り船を仕立てて箱崎まで漕いでいったのさ」

「月見船で夜釣りかあ。乙だねえ」

少し申し訳ない気もしたが、余計なことをぺらぺら喋られるのも困るので、嘘を吐きとおすことにする。

「可哀想に」

京次は溜息を吐き、涙目になった。

「斬られた夜鷹にゃ、六つの娘がいたんだよ」

六つの娘と聞いて、結之助の眉がぴくっと動く。

「亭主は腕のいい左官だったそうだ。それが半年前、破落戸の喧嘩に巻きこまれて死んじまった。稼ぎ手を失った女房は、痩せたからだを売りながら娘を養っていたってわけさ。可哀想に、天涯孤独になった娘は、泣くことも忘れちまったらしい」

京次は洟を啜り、しまったという顔になる。

「ごめんよ、旦那にも同い歳くらいの娘さんがいたんだよね。思い出させちまったかい」

「気にせんでいい」

ことばとはうらはらに、黙りこんでしまう。

「やっぱり、酒の仕度をするよ」

京次はきまりわるそうに立ちあがり、部屋から出ていった。

「……雪音(ゆきね)」

おもわず、娘の名が口を衝(つ)いて出る。

妻の琴音ともども、心の底から望んだ子だった。

子ができたと知ったときは、狂喜したものだ。

腕を落としてからというもの、二度と幸福は訪れまいとおもっていた。

ところが、琴音は身籠(みご)もってくれた。希望をもたらしてくれたのだ。

生きようという活力が湧いてきた。

が、それもすべて、妻の死で無に帰した。

琴音は娘を産みおとし、力尽きたように身罷(みまか)った。

あのときほど、神仏を憎んだことはない。

傷心を抱えつつも、妻の忘れ形見を手許に置いて育てたいともおもった。だが、赤子は妻の実家に引きとってもらった。

勘定(かんじょう)方を勤めた琴音の父は実直な人物で、母は芯の通った女性だった。乳飲み子の行く末をおもえば手放すのが最善の選択だったし、義母もそのことを望んでいた。望まれて貰われていくのであれば、娘もきっと幸福になることができる。

そうやって、自分を納得させた。

しんしんと雪の降る晩だった。義母には「二度と逢ってくれるな」と、きっぱり告げられた。生涯、親子の名乗りができぬのなら、せめて、名だけでも付けさせてほしい。深い静寂のなかで、降る雪の音を聞いたような気がした。ゆえに、泣きながら「雪音」と紙に書き、義母に手渡した。

あれから六年、娘を捨てたという罪の意識にさいなまれ、今でも眠れぬ夜を過ごすことがある。からだの一部をもぎとられたような気分だった。右腕を失ったときの痛みよりも、数倍もきつい痛みだ。それでも、この手に抱いた乳飲み子の温かい感触だけは、今でもしっかりと残っている。

逢いたい。

どんな娘に育っているのか、遠目からでもそっと窺いたい。

ついに気持ちを抑えきれなくなり、昨年の夏、五年ぶりに故郷へ戻り、小見川にある妻の実家へ足をはこんだ。水子地蔵の祠(ほこら)から二股の道を右に曲がり、ゆるやかな坂道を登っていったのだ。実家の冠木門(かぶきもん)の際には、百日紅(さるすべり)が植えてある。燃えるような紅(あか)い花を咲かせた百日紅のそばで、琴音にそっくりな娘が遊んでいた。

遠目に垣間見た面影を、忘れようにも忘れられない。

もう少しで、駆けだすところだった。

抱きよせて頬ずりしたいとおもった。

無論、そんなことはできない。

世の中には、願っても叶わないことはある。

おそらく、もう二度と逢うことはあるまい。

名乗りをあげる価値のない父親であることはわかっていた。

それでも、祈らずにはいられなかったのだ。

いずれの日にか、邂逅できますようにと。

「旦那、未練があんのかい」

いつのまにか、京次が横に座って酒を注いでいる。

「名乗ってみなよ、駄目元でさあ。それとも、娘に拒まれるのが恐いのかい。でもね、娘だって父親に逢いたいはずさあ」

無責任なことばと知りながらも、京次は懸命に説こうとする。

気持ちは嬉しいが、誰であろうと、娘のことは放っておいてほしかった。

「父親は死んだと聞かされているはずだ。幽霊が顔を出したら、困るだろう」

「たとい幽霊でも、逢いたいはずだよ」

そうかもしれない。

わずかな希望が、心の片隅に燻りつづけている。

「もう、このはなしはよそう」

「わかったよ。ごめんね、旦那。勝手なことを口走っちまって」

「いいさ。それより、殺められた夜鷹の娘はどうなった」

「貰われていくらしいよ。親切な貰い手ならいいんだけど」

蔭間の吐いた溜息に、こちらも重い溜息で応じる。

「旦那、腹が立って仕方ないよ。斬った野郎は化け物さ」

「誰か、目にした者がいるのか」

「娘だよ。淋しくなって長屋を飛びだし、夜道をたどって、おっかさんを捜しにいったのさ」

捜しあてたさきで、運悪く、惨状に出くわした。

「一刀で脳天を割られていたんだって。恐ろしいね」

ふと、まっぷたつにされた石地蔵が脳裏に浮かんだ。

同じ男かもしれない。

母親を失った娘は衝撃を受け、ほとんど喋ることのできない状態のまま、うわごとのように繰りかえしているという。

「その化け物、左手から刃が生えていたそうだよ」

「左手から刃が」

潮まねきという呼称が過ぎる。

「娘はね、血塗れた刃で頰を撫でられたのさ。おお、恐っ」

京次はぶるっと身震いし、冷酒を呷ってみせた。

「外道め」

結之助は腹の底から、憤りを感じていた。

八

三日後、待宵。

あいつは、なぜ、意味もなく人を斬るのだろう。

おりんは菊坂をのぼりながら、潮まねきの背中を思い浮かべた。

「許せない」

弱い者の命を虫螻のように奪う行為が許せない。

あいつは夜鷹を斬りながら、笑っていた。

「化け物め」

逃げたい。

でも、逃げられない。

地の果てまでも追いつめてやると、そう脅された。

ただの脅しではない。いずれは自分もきっと、六文銭の与四蔵みたいに無残な死に様を晒すのだ。

あのとき、板鼻宿の旅籠で殺されていればよかった。

潮まねきは血の滴る刃を突きだし、逃げたら地の果てまでも追いつめてやると言ったのだ。

茂利平に鞍替えしたのは、命が惜しかったからだ。

今からでも、逃げようとおもえばできそうな気もする。

潮まねきは、ここにいない。

いや、無理だ。

あいつは、いつもそばにいる。

心のなかに棲みつき、じっと見張っているのだ。

おりんは横顔に夕陽を浴びながら、妙義屋の勝手口にまわった。

よろけ縞の着物の褄（つま）を取り、古井戸のほうへ足を向ける。

額に汗を滲（にじ）ませた娘が、襷（たすき）掛け姿で井戸水を汲んでいた。

「おきぬちゃん」

「あ、おりんさん」

おきぬは手を止め、満面の笑みを浮かべてみせる。

「がんばっているねえ。もう、慣れたかい」

「はい。どうにか慣れました」

「水汲みは下女奉公でいちばん辛い仕事だ。おまえさんをみていると、むかしの自分をおもいだすよ」

「おりんさんも下女奉公を」

「わたしが売られたさきは下の下、根津（ねづ）の岡場所さ。性悪な抱え主でねえ、ずいぶんこきつかわれた。春をひさぐことよりも辛かったのは、冬場の水汲みだったよ」

二年目に岡場所から逃げだし、銚子（ちょうし）のほうへ渡った。そこで漁師と所帯をもち、半年だけ幸福な日々を送ったが、夫は時化に船を出して、それきり還らぬ人となった。身籠もっていた子を水に流し、何もかも嫌になって博打に手を出した。賭場で引っかけられた男がたまさか一匹狼の巾着切で、手練手管を一から教わったが、その男も労咳で三年後に逝ってしまった。

「おきぬちゃん、おまえさんには余計な苦労をさせたかないんだよ」

　本心から発したことばであったが、そうした気持ちとはうらはらに、おきぬが今宵の宴席に呼ばれていることも知っている。手伝いに駆りだされるだけだと番頭に諭され、本人は疑いもせずに頷いたようだが、主賓である好色奉行への手土産にされることはきまっていた。

　誰あろう、おりんが薦めたのだ。

　生娘を捜す手間が省けたと、菊右衛門は大喜びだった。

「おきぬちゃん、何があっても挫けちゃいけないよ」

「はい」

　おりんの苦労話を聞かされたせいか、おきぬは下を向いて涙ぐんでいる。

「何も泣くことはないじゃないか」

「だって、おりんさんが親切にしてくださるから」

「ほっとけないのさ。あんたが、じつの妹みたいでね。そうだ。髪を結ったげるよ」

「え、そんな。番頭さんに叱られます」

「大丈夫。ちゃっちゃとやったげるから。さ、そこの縁台にお座りな」

「はい」

おきぬは微笑み、素直にしたがった。

おりんは元結いを切り、黒髪を丁寧に梳いてやる。

「聞いたよ。あんた、緞帳役者に惚れてんだって」

「困ります。誰がそんなことを」

「誰だっていいじゃないか。言いふらさないよ。ふふ、その役者、何て名だい」

「越川団五郎っていいます」

「知っているよ。立役の似合ういい男振りの役者じゃないか」

「おりんさんも、そうおもうでしょ」

「ああ。宮地(みやち)芝居に置いとくにゃもったいないね」

「でも、三座の役者になったら、滅多に観られなくなっちまいます」

「それもそうだ。あんた、ひとつだけ望みが叶うとしたら何を望む。その団五郎に逢いたかないかい」

探るように尋ねると、おきぬは首を振った。

「いいえ。遠くから眺めているだけでいいんです」

「そうかい」

「もし、ひとつだけ望みが叶うとしたら、やっぱり、おっかさんに逢いたい」

「え」

意表を衝かれ、おりんは黙った。

そうとも知らず、おきぬはつづける。

「別れるとき、おっかさんは泣いて顔をあげられなかった。だから、もういちど笑った顔がみたいんです」

おりんは、ぐっとことばに詰まった。

元結いを結びなおし、声を震わせる。

「逢わせてやろうか」

「え、そんなこと、できるんですか」

「ふふ、できるわけないか。ごめんよ。期待を持たせちまって」

「いいえ。お気持ちだけでも嬉しいです。わたし、ほんとうに果報者です。江戸へ連れてきてくれた山女衒のおっちゃんも優しかったし、ひなた屋の女将さんや口入屋のみんなも優しくしてくれます。おりんさんにも、こうして励ましていただけますしね。売られた娘で、これだけの果報者はいないとおもいます」

「泣かせるようなこと、言わないでよ」

おりんは我慢できなくなり、ぐすっと洟を啜った。

よっぽど真実を告げようかともおもったが、すんでのところでおもいとどまる。菊右衛門には恩を売っておかねばならない。恩を売れば金になる。金を手にして、潮まねきのもとから逃れてやる。そう決意していた。

おきぬには申し訳ないが、これも試練だとおもって、あきらめてもらうしかない。

おそらく、二度と逢うこともあるまいと、おりんはおもった。

「さようなら」

笑いながら手を振る娘の顔を、まともに拝むことができない。

裏手の空き地を囲う四つ目垣のそばには、野菊が咲いていた。

純白で可憐な花の風情が、おきぬのようだなとおもった。

九

翌、十五日朝。

ひなた屋は、深い悲しみに包まれている。

みなで月見団子をつくっていたところへ、おきぬが遺骸となって運ばれてきたのだ。

「こんなこと、許さないよ。ぜったいに、許さないからね」

おふくが土間に蹲ったまま、泣き叫んでいる。

おせんは亡骸（なきがら）に抱きつき、おきぬの名を繰りかえしていた。

「自分で舌を嚙みきった。それでも死ねず、油堀（あぶらぼり）に身を投げたにちげえねえ」

遺体に付きそってきた岡っ引きの紋蔵が、淡々と経緯を説明する。

おふくたちからも信頼の厚い熟練の岡っ引きが、損な役まわりを演じなければならなかった。

「妙義屋の番頭に聞いたのさ。昨晩は、深川仲町（なかちょう）の料理茶屋で、主人菊右衛門の主催する宴席があった。手が足りねえってんで、住みこみの下女も手伝いに駆りだされた。どうしたわけか、着飾ったうえに念入りな化粧までほどこされていたらしい。その下女ってのが、おきぬだった」

おふくは、涙目で食ってかかる。

「妙なはなしじゃないか。どうして、宴席に下女が呼ばれるんだい」

「さあな」

「まさか、酌婦をやらされたんじゃあるまいね」

「確かなことはわからねえが、どうやら、そうらしい」

「宴席の主役ってな、どこのどいつだい」

「高崎藩のお偉方だとさ。妙義屋は藩の御用達だ。接待しなきゃならねえ相手だったんだろうよ」

紋蔵は眉間に皺を寄せ、溜息を吐く。

「宴席で何かあったとしかおもえねえ。でえち、手伝いに向かうめえは、ふだんどおり変わった様子はなかったというからな。ただし、そうと決めつけるだけの証拠もねえ」

「親分、お上のお調べはどうなるのさ」

「高崎藩の連中も妙義屋も、お調べにゃならねえそうだ。八丁堀の旦那は仰った。

おきぬは世を儚（はかな）み、自分で死んだ。死んだ理由は誰にもわからねえ。あれこれ詮索したところで、無駄なこったとな。言いにくいはなしだが、おきぬは辱（はずかし）めを受けていた」

「え」

おふくは絶句し、ひとりごとのようにつぶやく。

「やっぱり、おもったとおりだ。おきぬは接待の具に使われたのさ」

「おい、滅多なことを言うもんじゃねえ」

「未通娘（おぼこ）だったんだよ、あの娘は」

「え、そうだったのかい」

おふくの勘は当たっていると、結之助はおもった。

おきぬは妙義屋の主人に言いくるめられ、宴の主賓と褥（しとね）をともにさせられた。自分の意志とはうらはらに操（みさお）を奪われ、おもいつめたあげく、舌を嚙みきろうとしたにちがいない。死にきれず、油堀に身を投げたのだ。

結之助は戸口に佇み、じっと遺体をみつめた。

昨夜も妙義屋を張りこみ、菊右衛門の乗った駕籠を追いかけた。

深川仲町の料理茶屋へ忍び駕籠に乗ってあらわれたのは、頭巾で顔をすっぽり覆った侍だった。それが高崎藩の勘定奉行であることは、すでにわかっていた。

夜も更け、宴がおひらきとなり、接待役の菊右衛門は表口に顔を出したものの、接待される側の勘定奉行はすがたをみせなかった。色狂いの奉行が敵娼をあてがわれたなと察したが、おきぬとは結びつかなかった。

おきぬは人身御供にされたのだ。

納得ずくであったはずはない。

それならば、命を絶とうとはしなかったはずだ。

もっと注意を払っていれば、救えたかもしれない。

悔やまれた。

おふくは紋蔵に向かって、怒りをぶちまけている。

「妙義屋の旦那はいったい、どうしちまったのさ。おきぬが死んじまったこと、ご承知なんだろう」

「涼しい顔でな、自分には関わりはねえと言いやがった。かえって、迷惑を掛けられたとよ。ひなた屋の女将に請われるがまま、妙な娘を雇っちまったとまで言ったぜ。外聞もあるから、あやまって川にはまったことにしてくれと、ぞんざいな口調で吐きすてやがった、あの野郎」

ぎりっと、おふくは奥歯を噛んだ。

紋蔵は懐中に手を突っこむ。

「葬儀にゃ来られねえからと、香典を包みやがったぜ」

差しだされた包みをひらくと、小判が五枚はいっていた。

おふくの眸子は据わっている。

「五両か。皮肉なもんだねえ」

「何が」

「おきぬが山女衒に買われたのと同じ額なんだよ」

「くそっ、妙義屋のやつめ。ありゃ相当な悪党（わる）だぜ。太え野郎にまちげえねえが、こっちにゃ言い返（け）えすだけの証拠もねえ」

娘たちもみな、口惜しそうに黙りこむ。

遺体の懐中からは、錦絵が覗（のぞ）いていた。

取りだしてみると、助六を演じる越川団五郎の雄姿が描かれている。

おせんが言った。

「これ、おっかさんがお守りがわりにあげた錦絵だね」

おきぬは肌身離さず、携えていたのだ。

「可哀想に」

色の落ちた役者絵は、娘たちの新たな涙を誘った。

紋蔵が結之助のもとへ、音もなく身を寄せてくる。

「おめえさん、昨晩も居なかったそうじゃねえか。また、夜釣りにでも出掛けていたのかい。真夜中は出歩かねえほうがいい。八丁堀の旦那連中に目え付けられたら、面倒なことになる」

「ふむ、わかった」

「ところで、潮まねきとかいう浪人におぼえはねえか」

「ん、どうして」

「これえだ、富沢町の露地裏で辻斬りにあった夜鷹がいたろう。そいつの娘っこが喋ったのさ。おっかさんを殺ったな、潮まねきだってな。賢い娘で、斬った野郎は左手に刃を付けていたとも言った。そいつはたぶん、左利きだってことだろう。そうとなりゃ、おめえさんに疑いが掛かるかもしれねえ。だから、言ってんのよ。十手持ちに目え付けられたら、始末に負えねえってな。江戸ってな、広いようで狭えんだよ」

「脅しか、それは」

「そうじゃねえ。おれはあんたを信じている。老婆心てえやつだ。わるいことは言わねえ。夜更けは出歩かねえほうがいい」

よほど事情を告げようかともおもったが、結之助は黙って外へ逃れた。

娘たちの泣き声は露地裏の隅々まで響き、居たたまれない気分になる。

足早に道を突っきり、芝居町の喧噪を避けつつ、杉ノ森稲荷へ向かう。

見慣れた参道を歩きながら、雀たちに餌をやる宮司に目を遣った。

ふと、足を止める。

ひなた屋から、何者かの気配が執拗にまとわりついてきた。

振りむけば、すぐそばに櫛巻き髪の女が佇んでいる。

「旦那、わたしに見覚えはないかい」

女は泣き腫らした目で睨み、曲がった二本の指を突きだした。

結之助は軽く頷き、周囲に目を配る。

「仲間は居ないよ。わたしの名はおりん。ちょいと、あんたにはなしがあんのさ。おきぬちゃんと、それから、潮まねきのことでね」

おもわず身を乗りだすと、おりんはすっと後ずさる。

「立ち話はできないよ。猿江町の五本松に『こま』っていう船宿がある。暮れ六つに訪ねてきとくれ。二階で待っているよ」

おりんはくるっと踵（きびす）を返し、泳ぐように去っていった。

十

曲がった指をみせられたとき、半年前の情景が鮮やかに蘇った。

なぜ、指の骨を折ってしまったのかと、沈んだ気分になったのをおぼえている。

腕を捻（ね）じあげる方法もあったし、見逃してもよかった。巾着切にとってだいじな右手の中指と薬指の骨を折れば、当面は稼ぐことができなくなる。そのあいだに心を入れかえてほしいなどと、都合良く考えたのかもしれない。

それにしても、なぜ、あのときの巾着切が潮まねきを知っているのか。

しかも、おきぬの名まで飛びだした。妙義屋菊右衛門に騙されて人身御供にされたおきぬと、夜鷹を何人も斬った潮まねきとのあいだに、どのような関わりがあるというのか。

頭が混乱していた。

考えを巡らしながら、露地裏の暗がりへ足を向ける。

たどりついたさきは、古着屋の並ぶ富沢町の一角だった。
露地裏の片隅に陰膳が据えてあり、線香の煙がゆらゆら立ちのぼっている。
はっとして、足を止めた。
年端もいかない娘がひとり、蹲っている。
両手を合わせ、じっと動かずにいるのだ。
結之助は、心ノ臓を締めつけられた。
斬られた夜鷹の娘にまちがいない。
母親はここで斬られたのだ。
結之助は近づき、できるだけ優しく声を掛けた。
「おっかさんのこと、忘れられないのかい」
娘は振りかえり、気丈にも睨みつける。
結之助は腰を屈め、にっと笑った。
「名を教えてくれぬか」
少し間を置き、娘は口をひらく。
「いと」
はっきり、そう言った。

「おいとか。腹が減っておろう」

尋ねたそばから、くうっと腹を鳴らす。

「待っておれ」

結之助は脱兎の如く駆けだし、露地を流す担ぎ屋台から穴子鮨を買って戻った。

旬は梅雨時だが、今の時季でも一箇四文で売っている。

「ほら、食べてごらん」

おいとは空腹に負け、鮨をひと口頰張った。

途端に、ぱっと顔が明るくなる。

急いで残りを口に詰めこみ、ぶっと吐きだした。

「ゆっくりお食べ。鮨はいくらでもある」

結之助は左腕で抱きかかえ、娘の背中をさすってやった。

おいとは飢えた捨て猫のように、穴子鮨を食べきってみせる。

「どうだ。美味かったか」

「うん。こんな美味いもん、食べたことない。おっちゃん、ありがとう」

「ちゃんと礼ができるのか。よい子だな」

母親は、きちんと礼儀を躾けていた。娘を飢えさせないために身を売ったが、誇りだけは失わずにいたのだ。

結之助は、陰膳に手を合わせた。

「おっかさんのこと、さぞかし口惜しかろうな」

「うん」

「仇（かたき）を討ってやらねばな」

そうでなければ、母親も成仏できまい。

おいとは驚いたように、結之助の横顔をみつめた。

幼子の縋（すが）るようなおもいが、痛いほどに伝わってきた。

十一

暮れ六つ、結之助は猿江町の五本松に向かった。

この辺りに船宿があるのも知らなかったが、なるほど、立派な松の植わったそばに朽ちかけたような建物がある。

さっそく二階を訪ねてみると、おりんは膝をたたんで待ちかまえていた。

結之助の気配を察した途端、両手を畳について謝る。

「申し訳ございません。わたしのせいで、おきぬちゃんは死んじまったんです。妹みたいにおもっていたのに。う……うう」

結之助は左手で刀を鞘ごと抜き、ささくれた畳にどっかと胡座(あぐら)を掻く。

「泣くな。事情を聞かせてくれ」

「はい。じつはわたし、悪党の仲間なんです」

真顔で訴えられ、結之助は眉を顰(ひそ)めた。

「掏り仲間か」

「いいえ。悪党のなかには、商人もいれば、とある藩の重臣もおります。この際、包み隠さず申しあげましょう」

おりんはみずからの生いたちからはじまって、板鼻宿のひょうたんであった陰惨な出来事や、絹糸相場にからんでおこなわれている不正まで、事のあらましをわかりやすく説いた。

聞かされた内容には知りたいことの多くがふくまれていたものの、結之助は眉ひとつ動かさない。

「おきぬは、高崎藩勘定奉行の鳴海隼人丞から辱めを受け、おもいあまってみずから命を絶った。それはたしかだな」

「はい。おきぬちゃんを騙したのは、妙義屋菊右衛門です。こんなことになるんだったら、名を出さなきゃよかった。おきぬちゃんは、わたしが殺めたようなものです」

慰める気もない。むしろ、憎しみが湧いてきた。

「おりんとやら、おぬしはまだ、肝心なことを喋っていない」

「何ですか」

「潮まねきの正体だ」

「知らないんですよ。信じてくださいな」

結之助は、もどかしいおもいを感じた。

いったい、潮まねきとは何者なのか。

「わたしは、旦那のことを憎んでいた。いいえ、今でも憎んでいるんです。旦那に指を折られていなけりゃ、上州くんだりまで都落ちすることもなかったし、潮まねきに出逢うこともなかったんだ。旦那のせいで、化け物から逃れられなくなったんですよ」

「勝手な言い分だな。それで、わたしにどうせよと」

「きまっているじゃありませんか。潮まねきを斬ってほしいんです。あいつさえ居なくなれば、この身は自由だ。おきぬちゃんが死んじまって、目が醒めたんです。もうこれ以上、人の道から外れることはできないって。でも、あの化け物が生きているかぎり、まっとうな道に戻ることはかなわない」

おりんは息を詰め、上目遣いに様子を窺ってくる。

罠であろうか。

嘘を吐いているとすれば、そうとうな役者だ。

「旦那が妙義屋を探っているのは、先刻承知済みなんですよ。だから、こうして頼んでいるんだ。食うか食われるか、うかうかしていると殺られちまう。潮まねきは手段を選びません。旦那を殺める機を、じっと窺っているんです。斬ってくれると仰るなら、教えたげますよ。妙義屋が絹糸を溜めこんでいる隠し蔵の在処(ありか)をね」

どうやら、菊右衛門から寝物語に聞いたはなしらしい。

「あんな連中、この世から消えてなくなりゃいいんだ」

怒気を発するおりんに向かって、結之助は静かに問うた。

「なぜ、わたしを頼る」

「だって、旦那はお強いんでしょう。江戸で一番だって聞きましたよ。それこそ、天のお導きってもんです。それに、旦那は悪党にゃみえない。ひなた屋に居候しているってのが、何よりの証拠だ。あそこは、可哀想な女たちの駆込寺だって聞きました。わたしだってね、ほんとうは駆け込みたいくらいなんですよ。でも、そいつは無理だ。かまいたちなんて綽名で呼ばれる女の柄じゃない」

おりんを信用すべきかどうか、結之助にはわからない。

だが、敵でも味方でも、どちらでもかまわなかった。

だいじなのは、潮まねきと対峙することだ。

「どこへ行けば、やつと逢える」

「その気になられましたね。今から、わたしに従いてきてくださいな。信用していただくためにも、証拠をおみせしますよ」

おりんはすっと立ちあがり、妖しげな流し目を送ってくる。

結之助は同田貫を拾いあげ、柳腰の後ろ姿にしたがった。

十二

おりんは、近くの桟橋から小舟を使った。

小名木川を西へ戻り、横川を左手に曲がって扇橋を潜る。

まっすぐに南下し、木場の掘割をまわりこんで洲崎へ向かった。

洲崎弁天を斜にのぞむ桟橋で小舟を降り、夜霧に包まれた野面に踏みだす。

「今宵は朧月だねえ」

高い土手を越えると、海風が突風となって吹きよせてきた。

それも一瞬のことで、昏い海原は凪いでいる。

佃島のほうに漁り火がみえた。

おりんは岸辺へ降り、裸足になって歩きだす。

打ちよせる波が光っていた。

砂はひんやりとして気持ちよい。

「ほら、これ」

月影の下を、小さな蟹たちが行きつ戻りつしている。

いずれも、左の鋏だけがやけに大きい。

「潮まねきか」

一匹摘んだ。

「満ち潮の晩、ぞろぞろ出てくるんだって」

突如、遠い記憶が閃光となって蘇った。

あれは五年前、ちょうど仲秋のころだ。

廻国修行の途上、腹を空かせながら上州の片田舎を流浪していた。

多胡郡吉井村馬庭といえば、知らぬ者とてない馬庭念流の総本山である。

名だたる剣客がひしめいており、剣術修行者たちの集う土地でもあった。

力量を験すため、それと空腹を満たすため、結之助は立ちあいを望んだ。

が、どこの道場を訪ねても相手にされない。

うらぶれた身なりのせいではなかった。右腕が無いからだ。

左腕一本で剣の道を志すこと自体、邪道としか映らなかった。

まんがいちにも立ちあって負けたとあっては、ほかの道場から笑いものにされる。

門前払いにされつづけたが、最後に訪ねた道場で幸運にも願いを聞きとどけてもらった。道場主が一目で結之助の尋常ならざる力量を看破したからだ。「無住心剣術」の剣理を説いたことも興味を惹いたようだった。

ただし、道場主は歳をとりすぎていたので、指名されて登場したのは道場の後継者でもある若い師範代だった。

――石動重兵衛。

姓名も、はっきり覚えている。

縦も横も大きく、対峙する者を圧倒する気魄を放っていた。

道場主の号令にしたがい、両者は板間の中央にすすみでた。

どちらも真剣に近い勝負をのぞみ、得物は木刀とされた。

勝敗は寸止めにて決する。まずは蹲踞の姿勢で向きあい、本来の礼ならば右片手上段で剣先を軽く合わせるところ、結之助は左手しか使えぬため、おうと気合いを発することでよしとされた。

双方は立ちあがり、相応の間合いを隔てて対峙する。

ここで結之助は、馬庭念流における独特の構えを体感した。

石動は左右の足を八の字にひらき、踵に重心を置いていた。

切れ長の大きな眸子を半眼に保ちつつ、瞬きひとつしない。

腰を深く落とし、下段から中段、そして上段へと木刀をゆっくり引きあげ、こちらの出方を窺う。

上段は振りかぶらず、八相からやや刃先を前方へ寝かせる。刃先がこちらの眉間を狙う位置でぴたりと静止し、それだけでも威圧を感じた。

ゆったり構え、動くときは蟹股でひたひたと迫り、どちらかと言えば鈍重な動きから巨大な蝦蟇を連想させる。お世辞にも見栄えがいいとは言い難い。ところが、打ちこもうとすると、なかなかに隙を見出すことができない。盤石の構えであることは容易にわかった。

伝書に曰く「上中下段の構え体中より太刀の生きたる様に構へる事第一なり。たとへば木の枝のごとく構ふべし」という。

からだから根が生えたようにどっしり構え、接近しては愚直に面割りを狙う。

これこそが相手の中心を制す「体中剣」の極意であった。

さらには、相手の打ちこみをまともに受けず、打ちきる直前に剣を付けていく。

相手の推進力を無にして、押さえこむ。「張り板に茶筒の蓋をするがごとし」と喩えられる「続飯付け」なる技も、同流の特徴をなすものである。

徹底して、後手にまわる。

相手に先手を取らせ、打ちこむ力を無にして面を狙う。

上段から斬りおとす相手の芯をとり、受けながす手法は新陰流の「十文字受け」に似ている。ところが、受けの直後に繰りだされる峻烈な一打は、一撃必殺を旨とする示現流をも凌駕した。

中興の祖樋口又四郎は決戦にのぞみ、守護神社に詣った。木刀を片手持ちに握り、腹の底から「南無八幡」と発するや、巨岩をまっぷたつに割った。このとき、「岩斬り」なる奥義が生まれたという。

中興の祖の逸話を体現しているような人物こそ、石動重兵衛であった。

挑戦者の結之助は、先手を取らねばならなかった。

馬庭念流で先手を取るのは、ほとんど負けを意味する。

石動は楽々と受けながし、木刀をぴったり付けてきた。

ぐいぐい押しこまれたが、相手にはまだ余裕があった。

いや、慢心というべきだったかもしれない。

結之助は何とか弾き返し、突きに出た。

即座に、同じ技を返された。

あとで知ったが、それは「鸚鵡」という技だった。

打っては返され、また打っては返され、申しあいは際限なくつづく様相をみせた。

結之助が活路を見出すことになったのは、ほとんど偶然からだ。

疲労もあり、わずかに足を滑らせ、前のめりになった。

それが誘いとなり、石動はみずから打ちこんできた。

今だ。

心に快哉を叫び、踏みだした相手の臑を狙った。

石動は意表を衝かれ、ひょいと宙に飛んだ。

そのとき、勝負は決していた。

結之助はつっと踏みこみ、木刀を天井に突きあげた。

木刀の先端が、降りてきた相手の顎下で寸止めにされた。

勝負あり。

道場主が叫んだ。

石動は口惜しさを滲ませながら、立ちつくすしかなかった。

必殺の岩斬りを繰りだすこともなく、敗れさったのである。

あまりに口惜しく、みずからを見失っていたにちがいない。

結之助が背中を向けた瞬間、どっと突きかかってきた。

魔がさしたとしか言いようがなかろう。

剣を志す者にとって、いや、礼を尊ぶ武士にとって、後ろ斬りはぜったいにやってはならぬ禁じ手だった。

結之助は気配を察し、紙一重の間合いで躱した。
そして、振りむいた勢いのまま、左籠手を叩きつけた。
ぼこっと鈍い音が響き、石動重兵衛は白目を剝いた。
あまりの激痛に、立ったまま気を失ったのである。
左手の甲は、粉々に砕かれていた。
もはや、使いものになるまい。一見して、それとわかった。
結之助はあのときほど、後味の悪いおもいをしたことがない。
忘れたい出来事ゆえか、記憶の蔵に閉じこめてしまったのだ。
「潮まねきか」
石動重兵衛にまちがいないと、結之助はおもった。
屈辱を晴らすべく、亡霊のようにあらわれたにちがいない。
剣士として、石動の気持ちもわからないではなかった。
屈辱を晴らす方法はたったひとつ。真剣で立ちあい、勝ちぬくしかない。
「浅はかな」
石動は結之助をその気にさせるために、非道な行為を繰りかえしてきた。
そうであったとするならば、罪深いはなしだ。

哀れな夜鷹たちは、捻くれた狂気の犠牲になった。

おいとから母親を奪った責任は、おのれにもある。

ぎゅっと拳を握りしめると、鋭い痛みを感じた。

潮まねきが握りつぶされ、残骸になっている。

「旦那、あれをご覧よ」

おりんが指を差した。

「向こうの岸辺に古い蔵屋敷がみえるだろう。妙義屋が高い賃料を払って、どこだかの大藩から借りうけているのさ。ほら、桟橋に高瀬舟が横付けされているだろう。毎夜のように上州からやってくる絹船だよ」

水運の起点となる倉賀野で荷を積み、烏川、利根川と経由して、三日足らずで江戸へ運びこまれてくるらしい。

「高瀬舟一艘で、米俵三百俵は積める勘定だよ」

ただし、俵の中身は米ではない。

貴重な絹糸が、ぎっしり詰めこまれているのだ。

「あの蔵に火を付けてやりゃ、妙義屋の身代もかたむくだろうさ。高崎藩の勘定奉行が顔色を失う様子も眺めてみたいけど、正直、あんな連中なんかどうだっていい。化け物さえ消えてもらえば、それでいいのさ」

「潮まねきは、あの蔵屋敷にいるのか」

「いないよ。でも、明晩、高崎から茂利平たちがやってくる。潮まねきもきっと、すがたをみせるだろうさ」

おりんは手に付いた砂を払い、夜空をみあげた。

「わあ、お月さんがきれい」

霧も晴れ、澄みきった空には満月が皓々(こうこう)と輝いている。

おりんの蒼白な横顔が、どことなく艶めいてみえた。

頬を伝う涙は、おきぬに捧げる涙であろうか。

わざわざ、頼まれるまでもない。

潮まねきに引導を渡してやる。

五年もまえに道場で立ちあった相手の動きを、結之助は微細にわたって反芻(はんすう)しはじめた。

十三

その夜、結之助は愛宕下薬師小路の長岡藩邸へ足を向けた。

忠兵衛こと忠精の見舞いも兼ね、隠し蔵の一件で指示を仰ごうとおもったのだ。

門番に名を告げると、すぐに潜り戸から内へ通された。

裏手へまわって簀戸(すど)を抜ければ、築山(つきやま)や瓢簞(ひょうたん)池のある中庭に出る。

池には地元から運ばせた錦鯉が泳いでいた。畔(ほとり)には季節の花木が植えられ、趣味の良さを感じさせる織部灯籠(おりべどうろう)なども見受けられる。

忠兵衛はひとり濡れ縁に座り、酒を嗜(たしな)んでいた。

「よう、こっちに来い」

手招きされ、小走りに身を寄せる。

「おかげんはよろしゅうございますか」

「すっかりな。ほれ、月がきれいじゃ」

「はい」

「瓢酒(ひさござけ)じゃ。そろりと来るころとおもうてな、温めてある。呑め」

盃になみなみと注がれた酒を、一気に呷ってみせる。

「毎年、向島の『萬亭』で月見を楽しむのじゃが、何やら億劫でな」

それを聞き、本調子でないことは察せられた。

雪をかぶったような頭髪には艶もなければ、いつもより眦の皺も深い。

「気にするな。わしは八十を超えた。これだけの歳になれば、死も身近に感じられる。まわりの者がひとり、またひとりと旅立っていく。気づいてみれば、ひとりぼっちさ」

慈安のことを考えているのだ。

結之助は、責められているような気分になった。

「お申しつけの件、ご報告いたしたきことが」

「絹糸の隠し蔵でもわかったか」

「ご明察」

結之助はおりんに聞いた内容を、かいつまんで告げた。

「ようやった」

忠兵衛はじっくり頷き、酒を注いでくれる。

「明晩、左内らとともに蔵を押さえよ」

「は」

「ただし、町奉行所に気取(けど)られてはならぬ。事がおおやけになれば、若き藩主に累(るい)がおよぶ。高崎藩は代替わりのだいじなとき、今何かあれば三河(みかわ)からの譜代(ふだい)がお取りつぶしの憂き目に遭うともかぎらぬ。それだけは避けたい」

速やかに事を収め、抗(あらが)う者があれば斬ってすてる覚悟がいる。

「ところで、探索方が面白いものをみつけてきおった」

忠兵衛はふわっと立ちあがり、神棚から黄ばんだ紙切れを一枚携えてきた。

床にひろげてみると、それは兇状持ちの描かれた古い人相書きである。

「あ」

おもわず、結之助は声をあげた。

「やはり、見知っておったか。上州浪人石動重兵衛、綽名は潮まねき。慈安を殺めた男じゃ」

「ど、どうしてこれを」

「夜鷹の母を斬られた娘がおったろう」

「おいとですな」

「ふむ。そのおいとが、左手に刃の生えた潮まねきをみたと申したらしい。探索方に目端の利く男がおってな、左手の特徴と潮まねきという綽名をもとに、人相書きの束を調べたら、おったのよ。その化け物がな。石動は馬庭念流の遣い手じゃ。おぬしとも申しあいをやったらしいな」

「よくぞそこまで、お調べになりましたな」

「ふふ、その気になれば大目付も目付の配下も動かすことができる。おぬしに打たれたのち、石動がどうなったか知るまい」

道場主の娘を娶(めと)り、道場を継ぐことになっていた。

だが、結之助に敗れたその日に逐電(ちくてん)したのだという。

負けたことは仕方ない。背中に突きかかった卑怯な行為を誹(そし)られ、みずからも居たたまれなくなり、道場どころか馬庭にも居場所がなくなった。そののち、行方知れずとなったが、ふたたび、注目されたときには兇状持ちになっていた。

「そやつ、何をやらかしたとおもう。馬庭に戻り、道場主と娘を殺めたのさ」

「え、そんな」

「娘は婿を取り、身籠もっておったらしい」

「何と」

「確たる理由はわからぬ。斬殺におよんだ理由は本人に聞いてみるしかあるまいが、乱心したとしかおもえぬ」

結之助の気持ちは、底なし沼に沈んでいった。

すべては、自分の蒔いた種だ。

おいとの母親が斬られたのも、馬庭で由々しい惨事があったのも、すべて、石動を打ちまかしたせいだ。

結之助は自分を責めた。

怒りで目が霞み、月を愛でるどころではなかった。

「石動はおぬしに砕かれた左手をみずから断ち、細工をほどこしたにちがいない。それゆえ、潮まねきなのじゃ。恨みは深いぞ」

「承知しております」

「手強い相手じゃ。背中から突きかかるのを、ためらわぬ男じゃからな。心して掛かるがよい」

「は」

「さればな。これが最後の月見酒とならぬよう、祈っておるぞ」

かつては幕閣の中枢にあった人物が、気軽に酒を注いでくれる。

結之助は、感謝の念でいっぱいになった。

十四

翌日、洲崎蔵屋敷。

十六夜の丸い月が雲間に見え隠れしている。

蔵屋敷の軒は明暗の縞模様を帯び、おりんが言ったとおり、茂利平とその一味は桟橋に集まっていた。

潮まねきらしき人影は無い。

俵を積んだ高瀬舟が何艘も舳先を寄せ、荷下ろしがはじまっている。

抜け荷ではないが、禁を破って私腹を肥やそうとする狙いはいっしょだ。

「人足は三十人余り、用心棒らしき浪人者が十人ほどか」

隣で囁くのは、長岡藩筆頭目付の深堀左内だ。

二十人ほどからなる少数精鋭の抜刀隊を背後に控えさせ、みずからも千鳥十文字槍をひっさげている。

無双左内と呼ばれる猛者だけあって、藩邸内で会うときよりも生き生きしてみえた。

「ここは合戦場よ」

と、うそぶいてみせる。

自分は荒武者どもを率いる総大将なのだと、固く信じている。そんな顔だ。

「大殿からは、手荒なまねは控えよと命じられておる。されど、そうもいくまい」

「拙者には、抗う者あれば容赦するなと、逆さのことを仰せですぞ」

「ぬふふ、ならば、そっちの命にしたがおう」

「あいかわらず、血の気が多いおひとだ」

「何か言うたか」

「いいえ」

「よし、まいろう」

左内は抜刀隊を散らばらせ、前進の合図を送った。

闇に紛れて近づき、土手下から躍りだす機を窺う。

栈橋のそばの三ヶ所に篝火（かがりび）が焚（た）かれ、各々、見張りがついていた。

至近の篝火から見張りが離れた瞬間、左内は右手をさっとあげた。

鎖帷子（くさりかたびら）に黒装束、鎖鉢巻を締めた藩士らが、風のように奔（はし）りだす。

誰ひとり、声を発する者もいない。

闇のかたまりが迫っていくようだ。

見張りが気づいた。

「うわっ、何だ」

待っていたかのように、抜刀隊が喊声(かんせい)をあげる。

「ふわあああ」

気魄が疾風となり、篝火も見張りも呑みこむ。

結之助のすがたは、抜刀隊の先頭にあった。

「うえっ」

用心棒たちは、腰が引けている。

が、逃げるわけにもいかず、刀を抜いた。

抜いた途端、蹴散らされていく。

文字どおり、桟橋周辺は合戦場と化した。

白刃と白刃がぶつかり、火花が激しく散る。

「逃げるな。押しかえせ」

桟橋の向こうで叫ぶのは、茂利平にまちがいない。

大きな赤い口で威嚇する獰猛な顔は、釣り針に掛かった鱸に似ている。

にわか雇いの浪人たちよりも、高崎から出張ってきた連中のほうが遥かに手強い。

みな、馬庭念流を修めている。

手にしているのは段平ではなく、二尺余りの刀だ。

「くわあああ」

奇声を発し、死に身で斬りかかってくる。

「死にさらせ」

手下のひとりが、真正面から突きかかってきた。

結之助は避けもせず、柄頭をずんと差しだす。

男は鳩尾を突かれ、悶絶しながら頽れた。

男の刀を拾い、舞うように斬りつける。

悲鳴とともに、三人が深手を負った。

後ろの左内も、十文字槍をぶんまわす。

「ほげっ」

浪人のひとりが頬桁を破砕され、藁人形のように吹っ飛ぶ。

「抗う者は容赦するな」

左内の叫びが、抜刀隊を鼓舞する。

抜刀隊の強靭さには目を瞠るものがあった。

敵どもの断末魔の叫びが轟き、血飛沫が舞う。

結之助は破落戸を蹴散らし、茂利平に迫った。

鉢巻を締めた男が、桟橋の端で手下どもに守られている。

歳は三十前後だろう。面つきはふてぶてしい。

厳ついからだを揺すりあげ、長尺の刀を抜きはなつ。

腰の据わりもなかなかのものだ。剣術修行を積んでいるのだろう。

「てめえか。ひなげしってな」

太い声を発した。

今や、上州一円にも名を轟かせている。

怯んだすがたをみせるわけにはいかない。

「一手交えてやらあ」

独特の上段に構え、茂利平は偉そうにうそぶいた。

「来てみな。左腕もついでに叩っ斬ってやるぜ」

結之助は涼しい目でみつめ、静かに諭してやる。

「おぬし、養蚕農家に火を付けてまわったらしいな。そのせいで、娘を売らねばならなくなった者や、逃散に追いこまれた者たちもあったと聞いた。惨い仕打ちよ。人のやることではない」

「うるせえ。世の中ってのはな、強え者が生きのこる。おらあ、上州きっての大立者だ。てめえのような食いつめ者が説教できる相手じゃねえ」

「悪党め」

「ああ、そうだ。おらあ天下の大悪党よ。てめえは、ほとけか」

結之助は曲がった刀を捨て、腰の同田貫を抜きはなつ。

凄まじい殺気が、五体から放たれた。

「愚か者め」

結之助は地を蹴り、桟橋を駆けぬける。

立ちふさがる手下どもを斬り、断末魔の叫びを背負って奔る。

「ふえええ」

残った手下どもは恐怖に駆られ、蜘蛛の子を散らすように逃げていく。

茂利平だけはどっしり腰を落とし、切っ先を前方に寝かせた独特の上段に構えていた。

「おらあな、馬庭念流の免状持ちなんだぜ」

慢心は命取りとなる。

「いやっ」

頭蓋を狙った茂利平の一撃は、虚しくも空を切った。

一方、結之助の刃は悪党の脳天に食いこんでいる。

「ひゃあああ」

悲鳴とともに、茂利平の鮮血が迸った。

天の月は赤く染まり、屍骸は川を流れていく。

「荷を改めよ」

左内の声が凛然と響いた。

やはり、潮まねきはここに居ない。

今宵も妙義屋の音頭で宴が催されているという。

「そっちか」

結之助は血振りを済ませ、同田貫を黒鞘に納めた。

十五

高輪でも値が張ることで知られる『清平』を貸切にできる分限者は、江戸でも数えるほどしかおるまい。

妙義屋菊右衛門はそのひとりだ。阿漕な手で私腹を肥やし、我が世の春を謳歌してきたが、悪党の浮かれ騒ぎも今宵かぎりで見納めになる。無論、菊右衛門とつるんで甘い汁を吸ってきた高崎藩の勘定奉行鳴海隼人丞も、分不相応な高みから奈落の底へ突きおとされる。

ふたりに引導を渡す役は、結之助ではない。

何と、忠兵衛こと牧野忠精みずから出張ってきた。

「ふん、悪党の面でも拝んでやろう」

散歩にでも出るような風情で、ひょっこり顔を見せたのだ。

家来たちも止めようとはしなかった。一度言いだしたら、ぜったいに折れないことをわかっている。

結之助は、忠兵衛の用心棒役であった。

「わしは新陰流の免状持ちぞ」

忠兵衛はうそぶいたが、実力のほどはわからない。

刀を掲げた途端、腰骨が折れないともかぎらなかった。

とにもかくにも、細心の注意を払わねばなるまい。

結之助は高輪までの道すがら、潮まねきの気配を探った。

闇に潜み、様子を窺ってはいまいか。

神経の休まる暇もなかったが、何事もなく、どうにか清平へたどりついた。

料亭のなかでは、宴がつづいている。

忠兵衛はずんずんすすみ、表口から堂々と見世にはいった。

玄関脇の部屋には用人らしき連中が待機していたものの、誰ひとり気にも留めない。

結之助と左内が番刀よろしく従うと、さすがに異変を察したのか、何人かが鯉口を切りながら近づいてきた。

「待て、おぬしら何者じゃ」

偉そうに誰何する。

左内が、ぴゅっと指笛を吹いた。

背後から、どっと抜刀隊が躍りこむ。

「ふえっ」

返り血を浴びた屈強な連中と対峙し、用人どもは腰を抜かす。

膳を二階へ運ぶ下女たちも、驚いてことばを失った。

忠兵衛はかまわず、とんとんと階段をのぼっていく。

結之助もあとを追った。

廊下を滑るように渡る矍鑠（かくしやく）とした老人の背中につづき、賑やかな広間へ身を差しいれる。

宴席は乱れに乱れていた。目を覆いたくなるような乱痴気騒ぎだ。

上座の鳴海隼人丞は酌女を抱きよせ、口を吸ったり、乳を揉んだりしている。

接待役の妙義屋菊右衛門はといえば、花咲爺のように小判をばらまいていた。

幇間（ほうかん）やら芸者やら、鳴海の家来までが目の色を変え、小判の奪いあいをしており、誰ひとり注意をかたむける者とていない。

「阿呆めら。詮議するまでもないわ」

苦い顔の忠兵衛は、酔った連中から幇間にまちがえられた。

「ほれ、何を突っ立っておる。面白い芸でもやらぬか」

菊右衛門が、赤い鼻で煽りたてる。

「されば、御覧じろ」

忠兵衛は素早く身を寄せ、菊右衛門の月代を平手でぺしゃっと叩いた。

「な、何をする」

広間に不穏な空気が流れた。

廊下に控える結之助と左内が、土足で部屋へ踏みこむ。

鳴海が吼えた。

「狼藉者め、このわしを誰じゃと心得る」

「ぬひょひょ」

忠兵衛が白い眉を動かして大笑いした。

「高崎藩の勘定奉行、鳴海隼人丞であろうが」

「ぬあに」

「粋がるでない」

忠兵衛はひたひたと近づき、鳴海の胸をどんと蹴倒す。

「うっ」

仰向けになる悪党の腹を踏みつけ、歌舞伎役者のように首を捻るや、かっと眸子を瞠って見得を切った。

「わしの顔を忘れたか。おぬしにはいつぞやか、倉賀野河岸の普請整備を申しつけたはず。おぼえておらぬとは言わせぬぞ」

「あっ」

鳴海が叫ぶと同時に、間髪を容れず、深堀左内が大音声を発した。

「そちらにおわすお方をどなたと心得る。さきの幕府老中、牧野備前守さまなるぞ。頭が高い。おのれら、下座で平伏さぬか」

取りまきの家来どもは尻をからげ、下座で平蜘蛛となって平伏す。

そのなかには、妙義屋菊右衛門もいた。

鳴海隼人丞だけは、忠兵衛に踏みつけられたままだ。

抜刀隊の面々が俵を抱え、どやどや階段をのぼってくる。

忠兵衛が発した。

「そこな俵、先刻、洲崎の隠し蔵にて差し押さえた品じゃ。無論、中身はわかっておろうな」

と、そこへ、裃姿の老臣があたふたと駆けこんできた。

「お待ちを。備前守さま」

血相を変えて叫び、部屋のまんなかで両手をつく。

ずんぐりしたからだつきに丸い顔、高崎名物の達磨に手足をつけたような老臣だ。

額を畳に擦りつけ、早口で名乗ってみせる。

「高崎藩江戸家老、鎧戸玄蕃にございります」

「遅いぞ。高崎達磨め」

「も、申し訳ございませぬ。こたびは……ああ、何としたことか。備前守さま、面目次第もございませぬ」

返す刀で鳴海を睨み、一喝してみせる。

「腹を切れ。この場で詰め腹いたし、申しひらきせよ」

よほど命が惜しいのか、鳴海はぶるぶる震えだす。

「下郎め、退け」

忠兵衛は鳴海を蹴りだし、上座に腰を落ちつけた。

余った酒を盃に手酌で注ぎ、すすっとかたむける。

「ほう、これは灘の生一本ではないか。高価な生諸白を呑みおって。このような悪党ひとり腹を切ったとて、容易に済ませられる悪事ではない。のう、玄蕃。これは、高崎藩八万石の浮沈に関わる一大事ぞ」

「承知してござります。何卒、ご温情を。悪党どもを一掃したあかつきには、拙者も皺腹を掻っさばく所存にござりまする」

「じゃから、腹を切って済むはなしではないと申しておる」

「されば、どういたせば」

「蔵にある絹糸を金にし、貧しい者たちに施しを与えよ」

「え」

「橋詰めの広小路や寺社境内にお救い小屋を建て、飢えた者たちに無償にて粥を配るのじゃ。殿様が神仏に感謝を込めてはじめたとでも、喧伝するがよい。藩が存続するかぎり、施しはつづけよ。それが償いじゃ。譜代がやれば、外様もまねをする。施しは人々の心に感謝の念を生み、殺伐とした世の中に潤いを与える。玄蕃よ、江戸の暗闇を照らすのじゃ。ほれ、ぐずぐずいたすな。悪党どもを引っ立てよ」

「ありがたき……あ、ありがたき仰せにござります」

「わしのことばは、公方様の思し召しと心得よ。そもそも、一連の悪事は目安箱に投じられた名主の訴えから発覚したのじゃ」

「はい。承知いたしております」

高崎達磨は、はらはらと涙を流す。

下座で平伏す妙義屋は、別の涙を流していた。

これだけのことをやったのだ。まず、斬首は免(まぬか)れまい。

天罰という二文字を噛みしめるしかなかろう。

忠兵衛の見事な裁きに、結之助はすっかり感服させられてしまった。

十六

さきほどから、何者かの気配がまとわりついている。

結之助は忠兵衛たちと別れ、ひとり丸い月を背負いつつ、高輪縄手の海岸べりを歩いていった。

街道には松林がつづき、曲がりくねった太い枝が差しまねくようにみえる。

突如、殺気が膨(ふく)らんだ。

松の木を見上げれば、高みから人がぶらさがっている。

女だ。

後ろ手に縛られ、長い綱で吊されている。

項垂(うなだ)れたまま動かず、生きているのか死んでいるのかもわからない。

長い黒髪で顔を覆われているが、おりんであることはあきらかだ。

「おりん」

踏みだそうとしたところへ、突風が吹きよせてくる。

ざくっと砂を踏みしめ、木陰から大男がすがたをみせた。

「石動重兵衛か」

「ふふ、ひなげしよ。おぬしにはわかるか。わしがこの日を、どれだけ待ち望んでいたか。わしはな、修羅となって殺生を重ねるうちに、人間の業(ごう)を悟ったのよ。人の心には鬼が棲みついておる。それを認めたくないがために、人は善行を重ね、神仏に祈りを捧げ、剣の修行に打ちこもうとする。それがいかにばかげたことか、はっきりとみえてきた。ゆえにな、人を斬っても、いっこうに心は痛まぬ。のはははは、われながら、扱いにくい化け物になったものよ」

「おりんは生きておるのか」

「さあな。逃げようとしたゆえ、足の甲を砕いてやったが、あまりの痛さに舌を嚙みきったやもしれぬ」

「鬼め」

「おりんがどうなろうと、関わりはあるまい。それとも、死なせたくないのか。わしを鬼にしたのは、おぬしじゃ。おぬしのせいで、わしは卑怯者の誹り(そし)を受け、生き恥を晒さねばならなかった。藩にも故郷にもいられなくなり、世捨て人も同然に放浪するはめになった」

「世話になった道場主と娘を殺めたと聞いた。なぜだ」

「鬼が囁いたのよ。わしをさげすむ連中を放っておいてよいのかとな。師匠と許嫁(いいなずけ)を斬ったときから、自分でも抑えが利かぬようになったのだわ。ふふ、聞きたいことはそれだけか。されば、はなしは仕舞いじゃ。長い旅路も今宵で終わる」

石動は腰を落とし、ゆっくり刀を抜いた。

「おぬしは、わしに勝てぬ。磨きあげた奥義があるゆえな」

「岩斬りか」

「さよう」

結之助も同田貫を抜き、片手青眼(せいがん)に構える。

おたがいに必殺技は上段の片手打ち、右か左かのちがいだけだ。

あれから五年経った。石動の捷さと強さを推しはかる術はない。

相打ち覚悟で打ちあい、死中に活を求めるしかなかった。

「まいろうかい」

石動は砂を蹴った。

後手必勝の無構えを捨て、片手打ちを仕掛けてくる。

「ぬりゃお……っ」

馬庭念流の鉄則から外れ、果敢に先手を打った。

結之助は動じない。

「のあっ」

初手の突きを弾き、反転しながら水平斬りを繰りだす。

「何の」

待っていたかのように、石動は鍔をぶつけてきた。

「うぬ」

刃が磁石のように吸いつく。

続飯付けだ。

凄まじい力で、ぐいぐい押してくる。

五年前と、あきらかにちがっていた。

場数を踏み、数段、腕をあげている。

「ふえっ」

無理に弾いた瞬間、石動は隠していた左手を突きだした。

黒い筒の内から、しゃきんと、白刃が飛びだす。

「ほりゃ……っ」

「うっ」

鬢（びん）を裂かれた。

血が頬を濡らす。

左右から、白刃が車輪のように襲いかかってくる。

「のはは、膾（なます）斬りにしてくれる」

押しこまれているようで、よく眺めてみると、結之助はいつのまにか、受けながす術を心得ている。

打たせておいて芯を外し、相手の太刀行をまねて、反撃に転じる。

馬庭念流の秘技「鸚鵡（おうむ）」を、みずからのものにしているのだ。

「しぇ……っ」

一瞬の隙を衝き、石動の右籠手を払った。

ばっと鮮血が散り、刀を握った手首が宙に飛ぶ。

「猪口才な」

石動は右手を失っても、まったく意に介さない。

「遊びは仕舞いじゃ」

吼えあげるや、刃と化した左手を上段に構えた。

秘技「岩斬り」をもって、積年の恨みを晴らす気なのだ。

まさしく、鬼だな。

結之助も、片手上段に構えた。

石動は先端を前方にやや下げ、結之助は後ろに振りかぶっている。

「ふえい」

腹の底から気合いを発し、化け物は突っこんできた。

結之助は、根が生えたように動かない。

「ただ、太刀を掲げて落とすのみ」

無住心剣術の極意を口ずさむ。

石動は、生死の間境を越えた。

「南無八幡、いや……っ」
肉厚の刃が、高みから鉈落としに落とされた。
それに合わせ、結之助も上段から眉間を狙う。
背丈にさほどの差はなく、刃長にも差はない。
となれば、打ちこむ捷さが生死を決する。
鎬と鎬が弾きあい、火花が散った。
肉厚の刃はわずかに逸れ、結之助の右肩を浅く削る。
「ぬごっ」
つぎの瞬間、石動の膝が抜けおちた。
脳天はぱっくり裂け、黒いものが噴きだしている。
血だ。
必殺の一撃は微塵の惑いもなく、修羅と化した男の心の闇を砕いていた。
化け物は前のめりに倒れ、砂に顔を埋めた。
勝負を決したのは、力量の差にほかならない。
五年が経過しても、石動は結之助の壁を越えられなかった。
越えていると過信したことで、命を縮めたのだ。

「生きのこったか」

ようやく、因縁の糸を断ちきった。

「ふおお」

口から、安堵の溜息が漏れる。

結之助の頰には、ひと筋の涙が光っていた。

十六夜の月が、松の木を照らしだす。

吊されたおりんが、からだをもぞもぞ動かしていた。

十七

彼岸を過ぎると、肌寒さを感じるようになる。

杉ノ森稲荷の境内には特設の舞台が築かれ、宮地芝居の開始を報せるお囃子が鳴りわたっていた。

演目は『助六』、千両役者の市川團十郎演じる『助六』は三座の弥生狂言でしかおめみえできないが、宮地芝居の演目に季節はない。萩の咲きほこるこの季節でも、江戸っ子に人気のある『助六』は演る。

緞帳が切られ、華やかな舞台がはじまった。

颯爽と登場した立役は、なかなかの色男だ。

「よ、団五郎。日本一」

かぶりつきから、ご祝儀代わりの声が掛かる。

叫んだ年増は、厚めの化粧できめたおふくにまちがいない。

ひなた屋の娘たちも顔を揃え、蔭間の京次や岡っ引きの紋蔵もいる。

おせんは、幼い娘の手を握っていた。

おいとだ。

紋蔵の依頼で、おふくが引きとったのである。

かぶりつきの中央には、おりんも座っていた。

首から骨壺を包んだ布を提げている。

おきぬの遺骨であった。

冥途のおきぬに喜んでもらおうと、みなで挙って、団五郎一座の宮地芝居を観にきたのだ。

やがて、西の空が茜に染まるころ。

一座の芝居はやんやの喝采を浴びながら、おひらきとなった。

満足そうな客が三々五々散っていくなか、旅立つおりんをみなで鳥居のところまで見送った。

「夕暮れに発つだなんて、おりんさんらしいね」

おふくは、淋しそうに笑みを向ける。

おりんはこれより、遺骨を携えて上州へ向かう。

「おっかさんに逢わせてやるって、約束したんだ」

おきぬの母親を捜しだし、遺骨を納めてくるという。

「先方のおっかさんに逢えたら、戻っておいで」

おふくはそう言い、おりんに路銀を握らせた。

「みんなからだよ。額は小さいかもしれないけど、気持ちはずっしり重いはずさ」

おりんはぐすっと洟を啜り、丁寧にお辞儀をする。

砕かれた足の傷は癒えておらず、結之助の作った松葉杖で身を支えていた。

「さようなら」

「きっと、戻ってくるんだよ」

杖を器用に突きながら、おりんは遠ざかっていく。

途中で振りむき、大声で叫んだ。

「ひなげしの旦那、ありがとう」

暮れなずむ空には、雁が竿になって渡っていた。

雄々しく羽ばたくすがたは、おりんかもしれず、常世へ還るおきぬの化身かもしれない。

「根は優しいおなごさ」

おふくが潤んだ瞳を向け、そっと囁いてくる。

結之助は涼やかな風に身をまかせ、消えゆくおりんの後ろ姿を見送った。

柳雪おぼろ剣

一

長月十三夜は後の月、中秋の芋名月にたいして栗名月とも呼ばれ、人々は深まりゆく秋に侘びしさを感じながら、わずかに欠けた月を愛でる。

おふくは大きめの屋根船を一艘仕立て、みなを連れて月見船と洒落こんだ。柳橋から漕ぎだした船は大川の流れに逆らい、川岸に沿って蔵前から浅草へと遡上する。吹きよせる夜風は肌寒く、娘たちは襟を寄せ、身を寄せあっていたが、船尾に陣取る結之助はぽかぽかと暖かい。蔭間の京次とともども、七輪で温めた燗酒を呑みかわしているのだ。

「長月は夜長月、菊が終われば虫の音も消え、秋は時雨れて赤くなる。旦那、長月の月見船ってのも乙なもんだねえ。ご覧よ、まわりに船影なんぞありゃしない。お月さんをひとりじめできるって寸法さあ」

京次は柚味噌をぺろりと嘗め、酒をくっと呷る。

ほろほろと酔ったついでに、おふくに教わった手踊りをやりはじめた。

「恋は恋でもおかまの恋は、かまっちゃもらえぬ片想い。あ、よいやさ」

「よ、京次。おかま、日本一」

娘たちがやんやの喝采をおくるなか、屋根船は竹町の渡しに近づいた。

西は浅草広小路、東は本所瓦町、東西七十六間におよぶ長さを太い梁と柱で結ぶのは吾妻橋だ。

前後で棹を操る船頭は老いたのと若いのがふたり、顔が似ているので父子だろう。

賑やかな連中を乗せた船は中寄りにゆったりと流され、舳先を橋脚の脇へ差しこんでいった。

途端に月明かりは遮られ、目のまえが真っ暗になる。

「恐い、恐い」

娘たちの声が闇に反響した。

橋を潜りぬけると、淡い月影が射しこんでくる。

刹那(せつな)、橋の欄干から黒いものが落ちてきた。

「きゃっ」

どんと水柱が立ちのぼり、大波が舷(げん)に押しよせる。

「身投げだ」

「船を寄せて、早く」

悲鳴と掛け声が錯綜する。

船頭が棹を持ちかえるよりも早く、結之助が褌(ふんどし)一丁で川に飛びこんだ。

「あっ、旦那」

つられて飛びこんだ京次は、水面で手をばたつかせる。

かなづちなのだ。

「おっちょこちょいめ」

呆(あき)れたおふくが櫂(かい)を差しだす。

船頭も棹を伸ばし、どうにか京次を助けることができた。

さきに飛びこんだ結之助のすがたは、どこにもない。

水泡と波紋が溶けあい、漆黒の川面に消えていく。

「旦那、ひなげしの旦那」

おふくは船縁(ふなべり)から身を乗りだし、提灯を手にして必死に叫ぶ。

すると、舳先の水面が盛りあがり、ざぶんと人の頭が飛びだしてきた。

「ひぇっ」

女だ。

長い黒髪が、藻のように貼りついている。

漂う豊満な乳房の脇から、結之助も顔を覗かせた。

左手一本で水中から、女の背中を支えている。

しんどそうだ。

女はみるからに肥えており、気を失っていた。

結之助は潜っては浮かび、浮かんでは潜る。

「何ぐずぐずしてんだい。おまえさんも飛びこみな」

おふくに背を押され、若い船頭が川に飛びこんだ。

抜き手で女のそばまで泳ぎつき、結之助の負担を軽くする。

女を仰向けに浮かせてふたりで運び、おふくたちも手伝って船に引きあげた。

「退(ど)いてくれ」

老いた船頭が女の鼻を摘み、口移しで肺腑に空気を送ってやる。何度か繰りかえすと、女は唐突に蘇生し、口からぴゅっと水を吹きあげた。

「蛸だな」

京次が、おもしろがってつぶやく。

「へへ、おたふくみてえな顔してやがる」

垂れた目といい、上を向いた鼻といい、たしかに、縹緻良しではない。どちらかと言えば愛嬌のある顔だ。

覚醒した女は上半身を起こし、鶏のような丸い目をきょろきょろさせる。

「あんた、おぶんちゃんじゃないか」

おふくが驚いたように叫んだ。

「浅草海苔屋のおぶんちゃんだろう。ほら、わたしだよ。ひなた屋のおふく。二年前、おまえさんに見合いを持ちこんだ口入屋だよ」

「おふくさん。あっ」

「おもいだしてくれたかい」

「は、はい」

おぶんは、浅草寺雷門の門前で海苔屋を営む『大森屋』の一人娘であった。

二年前に見合いをさせた相手は瀬戸物を商う鰥夫だったが、丼飯を何杯も食べそうなおぶんの肥えようが気に入らず、あっさり断られた。

おふくは申し訳ないとおもい、そのあとも似合いの相手をみつけてやろうと骨を折ったものの、なかなか良縁に恵まれなかった。無口で鈍重な印象が仇となり、おぶんは婚期を逃しつづけ、三十路に手の掛かった大年増になっていた。

「ともかく、からだを乾かさなくちゃね」

恥じらうおぶんを叱りつけ、着物をすべて脱がせるや、娘たちが持ちよった手拭いで全身を拭いてやる。

乾いたからだを懸命に擦ると、すぐに温かみが戻ってきた。

「さすが、肉蒲団を着ているだけあんな」

京次は皮肉を口走った途端、おふくにぺしゃっと頭を叩かれた。

「さあ、もう平気だよ。おぶんちゃん、いったい、何があったの」

「わたしにも、わけがわからないんです。仁吉さんを待っていたら、仁吉さんに背恰好がそっくりのひとがやってきて、手首と手首を布で縛ったんです。嫌だって泣いたら、そのひと、わたしを引きずるようにして……抗うこともできず、気づいてみたら欄干から飛んでいました」

「ちょっと待って。それって、いっしょに落ちた相手がいるってこと」

「そ、そうなんです」

おぶんは右の手首をさすった。

巻かれていたはずの布は解(ほど)けてしまったらしい。

「そのひと、どうなったのでしょう」

「知らないよ。ねえ、旦那」

おふくに困った顔を向けられても、結之助にはこたえようがない。

立ちのぼった水柱が一本か二本かもおぼえていないし、落ちてきたのはてっきり、おぶんひとりだとおもっていた。

「おい、あれを」

老いた船頭が、向こうの川面を指差した。

月明かりに照らされた橋脚のそばに、白いものが浮きつ沈みつしている。

「あれはまさか、ほとけじゃあるまいね」

急いで船を寄せてみると、蒼白い顔の男が水母(くらげ)のように漂っていた。

「死んでいるよ」

妙なことに、額がぱっくり割れている。

橋脚にぶつかって割れたのだとしたら、おぶんとは飛びこんだ位置がちがうことになる。

いずれにしろ、遺体であることにまちがいない。

「うわっ」

おぶんは両手で顔を覆い、肩を激しく震わせた。

「あんなひと、知らない。仁吉さんじゃない。わたし、いっしょに死んでくれって、仁吉さんに言われたから、そのつもりだったのに……う、うう」

とりつく島がないほどの乱れようだ。

「おぶんちゃん、しっかりおし」

おふくは腹を括ったような顔になる。

「船頭さん、岸へ着けておくれ。京次は陸にあがったらすぐに、紋蔵親分を呼んでくるんだよ」

「合点左衛門」

風雅な月見のはずが、とんでもない凶事に巻きこまれてしまった。

が、これも何かの縁だからと、おふくは気丈に構えている。

そうした態度に、娘たちは安堵をおぼえた。

おぶんをひなた屋でひと晩預かり、みなで眠れぬ夜を過ごした翌朝。

さらに、珍妙なことが起こった。

辻々で配られた瓦版のなかで、おぶんが大きく取りあげられたのだ。

——惚れ薬呑んだ男と醜女(しこめ)の道行き。

どうしたわけか、おぶんは心中の果てに死んだことにされていた。

二

ひなた屋の客間では、おぶんが肥えたからだを縮め、じっと俯(うつむ)いている。

横に座って喋りつづけているのは、朝早くに報せを聞いて駆けつけた母親のおたきだった。

「おぶんは何ひとつ、わるかないんです。仁吉とかいう博打(ばくち)打ちに騙されたんですよ」

涙ながらに事情を訴える母親に、おふくはえらく同情している様子だが、同席を促された結之助と岡っ引きの紋蔵は迷惑そうだ。

ことに、十手持ちの紋蔵は、おぶんの扱いに困っている。

なにせ、世間では死んだことにされてしまった娘なのだ。

まんがいちにも、生きていることが知れたら、おぶんには不幸な運命が待ちうけている。心中でひとりだけ生きのこった者には、お上から厳罰が科された。男は晒しのうえで死罪、女は人別帳から外されたうえで浅草溜送りとなる。溜とは病気になった罪人などが送りこまれるところで、牢屋敷とさほど変わらない。生涯、おぶんは溜で扱きつかわれることになるのだ。

どうやら、母親はそこまで深刻に考えていないらしい。

「生きて家に帰ったら、幽霊にまちがえられます」

外聞を気にするおたきは、救ってもらった御礼とともに、当分のあいだ娘を預かってはもらえまいかと頼みにきた。もちろん、救った縁もあるので、預かるのは吝かではないが、おふくとしてはきちんと事情を聞いておかねばならない。

畳のうえには手土産の浅草海苔と、心中のあらましを綴った絵入りの瓦版が置いてあった。

「困ったもんだねえ。醜女、醜女って、人を何だとおもってんだい。ここに描かれているのは、まるで、魚河岸に寝かされた鮪じゃないか」

おふくの台詞にぷっと吹きだした紋蔵が、女たちの冷たい眼差しを浴びる。

「仁吉ってのは、博打打ちなのかい」

おふくが優しく尋ねると、おぶんは首を横に振った。

「絵師です。そう、聞きました。錦絵とかの俗な絵じゃなくて、金泥とかの顔料で武家屋敷の襖絵を描くんだって」

「御用絵師ってことかい」

すかさず、おたきが口を挟む。

「嘘ですよう。おまえ、まだ信じてんのかい。あいつはただの遊び人さ。ぞろっぺいな小悪党で、丹次郎を気取って年増を騙しては、小金をちょろまかしているんだよ」

「おっかさん、何でそんなこと知ってんの」

「人を使って調べさせたのさ。たったひとりの娘のことが心配でね」

「ひどい。仁吉さんは、わるい人じゃない。心根の優しい人なんだから」

「ほとほと、おまえは困った娘だねえ。この期に及んでも、まだあいつの肩を持つ気かい」

「まあまあ、おたきさん、その辺りにしときなさいな」

おふくが膝を乗りだし、母娘のあいだに割ってはいる。

「おぶんちゃん、仁吉さんとは、いつ、どこで知りあったの」

「今からひと月前、お月見の晩でした」

近所の娘友達ふたりといっしょに、竹町の渡しから月見船を繰りだした。

そのとき、桟橋から勝手に乗りこんできた太鼓持ち風の男が、仁吉であった。

「太鼓持ち」

「はい。わたしたちを楽しませてやる。ぜったいに損はさせないからと、必死に拝みたおされて」

「それで、乗せちまったんだ」

仁吉は色男でもあったらしい。

むしろ、おぶんの娘友達のほうがその気になっていた。

永代橋(えいたい)とのあいだを往復する遊山(ゆさん)のあいだ、仁吉は娘たちを存分に楽しませた。

いつもなら、男衆から相手にされないおぶんも、このときばかりは心底から楽しむことができたという。

「桟橋で別れるとき、仁吉さんはわたしだけに落とし文をくれたんです」

「落とし文」

「はい。ふたりっきりで逢いたい。明後日の暮れ六つ、鳥越明神(とりごえみょうじん)の境内で待つと、走り書きされていました。わたしびっくりして、舞いあがっちまって。嬉しくって、手足の震えが止まりませんでした」

「行ったんだね。鳥越明神に」

「はい」

そこから、ふたりの逢瀬がはじまった。

三日に一度は逢い、三度目に逢ったときに金を貸してほしいと頼まれた。

それから、逢うたびに小金を貸してやったが、おぶんは頼りにされていることが嬉しくてたまらなかったという。

じっと耳をかたむける紋蔵が、呆れたように溜息を吐いた。

「そいつはおめえ、カモられたってことじゃねえのか」

おふくの手がそっと伸び、紋蔵の腿を抓った。

「痛っ」

「余計なことをお言いでないよ。おぶんちゃん、つづきを聞かせて。どうして、心中話なんかになったの」

「じつは、仁吉さんの兄弟子が博打で借金をつくってしまい、それを肩代わりさせられるはめになった。ついては、五十両を貸してもらえないかと頼まれました。

貸してあげたかったけど、そんな大金はありません。無理だって言ったら、それならいっそ、いっしょに死んでくれと……」

おぶんは俯き、涙ぐんでしまう。

「……わたし、いいよって頷いたんです。仁吉さんとなら死んでもいい。この世に未練なんぞないって言ったら、仁吉さんも泣いてくれたんです」

「へえ、仁吉は泣いたのかい」

「はい。そのときの涙は本物だって、今でも信じています」

ところが、約束の刻限に吾妻橋へやってきたのは、仁吉にそっくりの別人だった。

紋蔵が鬢を掻きつつ、口を差しはさむ。

「そいつの素姓ならわかったぜ。牛込水道町の九尺店に住む左官で、名は源六。女房と芥子坊主頭の倅がいる。三年前から胸を病んでいやがった。近頃じゃ、ろくに仕事もできず、その日の食い物にも困っていたらしい」

源六は仁吉の身替わりを買ってでたのだと、結之助は察した。

もちろん、金のためだ。自分の命と交換に、女房子どもにいくばくかの金を遺そうとしたにちがいない。

いったい、誰がそのような小細工を考えついたのだろうか。

仁吉か。

いや、身替わりが死んでも得はしない。

誰かに金を貰い、おぶんを誑しこむ役目を負ったのだ。

知らない者同士の男女が死んで得をする者とは誰か。

偽せの心中話で利益を得る者とは誰か。

そうやって考えていけば、おのずと浮かんでくる。

おふくと紋蔵も、同じことを考えているようだった。

「この心中話、あらかじめ仕組まれてあったんだよ。仕組んだのが誰かってのは、瓦版をみればわかる。ほら、惚れ薬の売り主が載っているだろう。ねえ、親分」

おふくに水を向けられ、紋蔵は渋い顔をつくった。

「瓦版を摺らせたな、井守屋卯左衛門てえ黒焼き屋だ」

「目黒の黒焼き屋だね」

「ああ、そうだ。店は行人坂下の太鼓橋を渡ったさきにある。いもりの黒焼きを醜女も喜ぶ惚れ薬だと称して売りさばき、竹を煮て搾った汁を不老長寿の薬だと大法螺吹いて売りさばく。おれに言わせりゃ、騙りまがいのいかさま野郎だが、たいそう羽振りはいい。岡惚れの相手にもてたいだの、誰よりも長生きしたいだの、世の中にゃ叶わぬのぞみを抱く阿呆が多い。わかっちゃいるけど騙される。そうした連中のことが、おれにゃ不思議でたまらねえ」

　母親のおたきが、きっと目を剝いた。

「親分さん、わたしの娘が阿呆だって仰るんですか」

「娘のことを言ったんじゃねえよ。おっかねえなあ」

「おぶんは、三つで父親を亡くしたんです。それから、わたしが女手ひとつで育ててきたんですよ。手塩に掛けて育てた娘を阿呆呼ばわりされて、黙っていられるとでもおもうのかい」

「わるかった。このとおりだ。許してくれ」

　紋蔵は畳に手をついた。

　おたきは斜(しゃ)に構え、ふんと鼻を鳴らす。

「わかってもらえりゃいいんです。でも、親分さん、その井守屋がどうして偽(に)せの心中話を仕組んだのでしょう」

「だから、そいつは惚れ薬を売るためさ。惚れ薬を呑んだ色男が、誰ひとり見向きもしねえ年増の醜女に惚れた。心中までしたとなりゃ、江戸じゅうの目を集める。すげえ効き目の惚れ薬だってことになる。噂に弱えのが江戸っ子だ。どうせ眉唾だとほざく連中も、ひとつくらいなら買ってみるかと、こうなる。いもりの黒焼きの売上げが鰻のぼりにあがるって寸法さ」

おたきの顔は、般若に変わっていた。

「あんまりじゃありませんか。年増の醜女だなんて、おぶんが可哀想です」

「おぶんもそうだが、源六の遺された女房子どもも憐れだぜ。それにしても、うめえことを考えついたもんだ。心中ってな、ふたりが納得ずくで死んでいく。誰かが巧みに導いたにしろ、誰にも殺しの疑いは掛からねえ。小智恵のまわる野郎のやることったぜ。井守屋が仕組んだとすりゃ、とうてい許しておけるはなしじゃねえ」

「親分、懲らしめてやるっきゃないね」

おふくが怒りをぶちまけると、紋蔵は語気を荒らげた。

「早まっちゃならねえ。何ひとつ証拠はねえんだ」

「なら、どうすんだい」

「さあて」

紋蔵は腕を組み、天井を仰ぐ。

「うん。仁吉なら、事情を知ってんだろう」

「そうだね。仁吉を捜すっきゃないね」

「まだ、生きてりゃいいがな」

不用意な紋蔵のひとことが、おぶんをまた泣かせてしまった。

三

五日経った。

吊りっぱなしの秋簾が、冷たい風に揺れている。

仁吉の行方は、杳として知れない。

おぶんは素姓を隠し、ひなた屋で下働きをしている。

紋蔵の読みどおり、井守屋の惚れ薬は飛ぶように売れていた。

そうしたなか、またもや、心中があった。

「付きあうかい」

結之助は紋蔵に誘われ、芳町の蔭間茶屋までやってきた。

心中をやらかしたのは五右衛門と軒を並べる蔭間茶屋の持ち主で、心中相手は同じ茶屋で春をひさぐ若い蔭間だった。

ふたりは白装束になり、短刀でたがいの左胸を突きあって死んだ。

血腥い部屋の調べがおこなわれているところへ、ふたりは駆けつけたのだ。

同心や小者にまじって、泣き腫らした目の京次がいる。

「あ、霜枯れの親分。それに、ひなげしの旦那も、いらしてくれたんですか」

「来ねえわけにゃいくめえ。茶屋の持ち主ってな、沢木惣之丞だろう。おれが贔屓にしていた女形なのさ」

紋蔵は十手を仕舞い、動揺する京次を落ちつかせた。

「当代一の看板役者がよ、どうして見世の蔭間なんかと」

「仰るとおり、若い蔭間は又八といってね、地味で目立たない子だった。惣之丞さんのお気に入りは藤三郎っていう綺麗な顔の子さ。藤三郎と心中するならまだわかるけど、又八じゃどう考えても釣りあわない」

この界隈の蔭間なら、誰もが首をかしげておもうことらしい。

「惣之丞さんには、ずいぶんお世話になったんだ。あれだけの人気者なのに、偉ぶる素振りなんぞ毛ほどもみせない立派なおひとでね。芸風のとおり、いつも凛としておられたよ。みずから命を絶つなんて、逆立ちしたって考えられない。

いったい、どうしちまったんだろう」

「まさか、偽せ心中じゃあるめえな」

紋蔵と同じ疑いを、結之助も抱いていた。

おぶんのことがあったからだろう。

「でえち、左胸を突きあって死ぬなんて芸当が、そう簡単にできるかってんだ。ためらい傷がねえかぎり、おれは信用しねえぜ。誰かがふたりを順番に突き、白無垢を着せて向きあわせたってことも考えられる」

紋蔵はまわりに聞こえぬよう、低声で囁きつづけた。

「吾妻橋から飛びこんだ源六にしたって、額がぱっくり割れていやがった。ありゃ、飛びこんでこさえた傷じゃねえ。どうみても、石か棍棒で撲られた傷だぜ。そいつさえ証明できれば、おぶんの罪だって軽くなる」

どっちにしろ、今回の件に関しては、遺体を検屍すれば偽せ心中かどうかすぐにわかる。

と、そこへ。

戸板に乗せられた屍骸が二体、小者たちの手で運ばれてきた。

わっと泣きながら、ひとりの蔭間が駆けだす。

「藤三郎だ」

京次が叫んだ。

戸板に駆けよった藤三郎は、厳つい同心に蹴りつけられる。

「寄るな、莫迦野郎」

怒鳴ったうえで、同心は周囲の人垣をぐるりと睨めつけた。

「おら、退け。見世物じゃねえぞ」

紋蔵が声をひそめる。

「あれは、おぼろ陣九郎だ」

本名は勝股陣九郎、北町奉行所の定町廻り同心で、武芸上覧に呼ばれて演武を披露するほどの遣い手だという。

「心形刀流の免状持ちでな、『おぼろ』ってな必殺技の呼び名らしいぜ」

囁いた紋蔵と目が合い、勝股が大股で近づいてくる。

「霜枯れの親爺じゃねえか。おめえ、まだ生きてやがったのか」

「おかげさんで、からだは頑丈にできておりやすんで」

「何しに来やがった」

「何って、近所なもんですから」

「そっか。この辺りはおめえの縄張りか」

「へい」

勝股は、ぐっと三白眼（さんぱくがん）で睨みつける。

「てめえ、そういえば、吾妻橋の心中にも関わったそうじゃねえか」

「へい、男のほとけを番屋に運びやした。たまさか知りあいがみつけて、呼ばれちまったもんで」

「ふうん。その知りあいってな、誰だ」

「ひなた屋の連中でさあ」

「ひなた屋ってな、女専門の口入屋か」

「そうですけど、何かご用でも」

「心中のかたわれは、おぶんという醜女だ。そいつの遺体が、いまだにあがらねえ。鯔（ぼら）の餌になったって噂もあるが、てめえ、何か知らねえか」

「いいえ、さっぱり」

鎌を掛けられても、紋蔵はいっこうに動じない。

そんじょそこらの若僧とは年季がちがうと、顔に書いてあった。

「まあ、いいや」

勝股は横を向き、ぺっと唾を吐く。

「親爺さんよ、この一件に首を突っこむんじゃねえぞ」

「え、どうしてです」

「理由なんざ、どうだっていい。岡っ引きはな、同心の言うことを黙って聞いてりゃいいんだ。じゃあな、後始末でもしとけ」

「へい」

勝股は戸板ともども、遠ざかっていった。

横柄な態度にかちんときたのは、京次のほうだ。

「何だあの野郎、威張りくさって。親分、あれだけコケにされて黙ってんのかい」

「黙っちゃいねえさ。おぼろの野郎、おれを焚きつけやがった。こいつは、ただの心中じゃねえ。裏に何かあるぜ」

「そいつを探ろうってんだな」

「おうよ。おぼろ陣九郎め、ぎゃふんと言わせてやる」

翌朝になって、心中の裏事情がわかった。

またもや、井守屋の惚れ薬を喧伝する瓦版がばらまかれたのだ。

――惚れ薬呑んだ女形と蔭間の道行き。

おぶんのときと似通った内容で、文言は同じ版木を使って摺ったのではないかと疑うほどのものだった。

人気のある女形が惚れ薬を呑んだせいで、好いてもいない蔭間に心を許し、心中までしてしまったのだから、話題にのぼらないはずはない。

これで、井守屋の惚れ薬が倍も三倍も売れることは請けあいだ。

十手持ちのなかには、心中つづきで妙だなと疑う者もあった。

が、深く調べようとする者はいない。

勝股陣九郎との関わりを避けたいのだと、結之助はおもった。

四

さらに、三日後の早朝。

「こうなりゃ、井守屋をあたってやる」

紋蔵は鼻息も荒く言いはなち、旅装束に身を固めて芳町を発った。

井守屋のある目黒までは約四里、芝、田町、白金を経て、目黒不動をめざす。
途中、芝明神では、十日もつづいた「だらだら祭り」が最終日を迎えたという
こともあり、雲行きの怪しい空にもかかわらず、土産の千木筥を手に提げた大勢
の町娘たちで賑わっていた。
「ああして嬉しそうに、藤の花が描かれた千木筥をぶらさげる娘のなかにも、い
ずれは好いた男に騙され、大川へ飛びこむ阿呆がいるかもしれねえ。つい、そん
なことを考えちまう。厄介なはなしだぜ。おめえさん、付きあわせてわるかった
な」
紋蔵は殊勝な台詞を吐いたが、結之助にしても老いた岡っ引きをひとりで送り
だす気はなかった。おぶんを助けた縁もある。それに、善人を騙して儲け、平気
な顔でいる悪党は許しておけない。
「おめえさんがいてくれりゃ、百人力だぜ」
なにせ、ひと筋縄ではいきそうにない黒焼き屋が相手だ。
やはり、従いてきてよかったなと、結之助はおもった。
「空模様が怪しいぜ。急ごう」
ふたりは田町を抜け、白金道を突っきり、行人坂の急勾配を駆けくだるように

下りてゆき、午（ひる）過ぎには石の太鼓橋までたどりついた。

長崎（ながさき）の眼鏡橋を手本にして築かれた橋の下には、目黒川が滔々（とうとう）と流れている。

この界隈は富籤（とみくじ）興行もおこなわれる目黒不動尊以外にみるべきものはなく、道を少し外れれば田畑がひろがっているだけだ。

井守屋は太鼓橋を渡ってすぐ、飴屋の隣にあった。

ふたりは橋を渡り、探しあてた井守屋の敷居をまたぐ。

「どちらさまで」

さっそく、手代に呼びとめられた。

「こっちの用で来たんだ」

紋蔵がちらっと十手をみせる。

「少しお待ちを」

磨きこまれた上がり端で待たされた。

何やら、薬の匂いがする。

薬種問屋と同じような薬棚があり、怪しげな黒いものが見受けられた。

「黒焼きだな。何を焼いたか、わかったもんじゃねえ」

紋蔵が毒づいたところへ、河童（かっぱ）のような顔をした主人があらわれた。

「手前が卯左衛門にござりますけど、何か」

慇懃な態度で漏らし、帳場格子の手前に膝を折りたたむ。

たいていのことには驚かないとでも言いたそうな、ふてぶてしい面構えだ。

「わざわざ、日本橋の芳町から来たんだぜ」

「ほう、芳町ですか」

「当代一の女形と若え蔭間が心中した。知らねえとは言わせねえ」

紋蔵はわざと高飛車に構え、瓦版を床に叩きつけた。

「これはよ、おめえが通油町の瓦版屋に摺らせたんだろう」

「何を仰います。そんな瓦版、今はじめて目にしましたよ。何せ、ここは江戸のとっぱずれ、瓦版なんて気の利いたもんは、まわっちゃきませんものでね」

「なら、こっちはどうだ」

紋蔵は、おぶんのことが載っている瓦版を叩きつける。

それでも、井守屋は顔色ひとつ変えない。

「おめえ、惚れ薬を売るために、心中をでっちあげたんじゃねえのか」

「これは異な事を仰る。親分さん、そいつは下司の勘ぐりってものだ」

「ほほう、十手持ちを下司呼ばわりするたあ、いい度胸だぜ」

「証拠(あかし)もねえのに、うざってえことを抜かすからさ」

「あんだって」

「まあ、お聞きなさいな。おまえさん、みたところ、棺桶に片足を突っこんだ老(お)い耄(ぼ)れのようだが、いったいぜんたい、何が狙いだい。ふん、ごたいそうに、用心棒まで連れてきやがって。この井守屋卯左衛門を脅そうったって、そうはいかのきんたまだよ。尻尾を巻いて帰(け)えりな」

「ほへへ、悪党が地金を出しやがった。おもしれえ。おめえみてえに突っかかってくる商人もめずらしいぜ」

「十手持ちとなめくじは、むかしっから嫌いでね」

井守屋は立ちあがり、帳場から小判を握って戻る。

床にひろげられた瓦版で小判を包み、すっと滑らせた。

紋蔵の眉が、ぴくっと動く。

「こいつは何だ」

「ご苦労賃ですよ。わざわざ、四里の道程を足労していただいた御礼ってわけで」

「てめえのような悪党に、礼を言われる筋合いはねえな」

紋蔵は助六のように大見得を切り、小判を突っかえす。

「井守屋、無駄な気を遣うより、おのれの身を心配えしたほうがいい」

「どういうことです」

「おめえは偽せ心中を仕組んだ。そいつを証言してくれる野郎がいるのさ」

紋蔵が鎌を掛けると、井守屋は乗ってきた。

「ほほう、ちなみに、誰のことです」

「仁吉だよ」

名を発した途端、井守屋はわずかに動揺の色をみせた。

その瞬間、仁吉はどこかで生きていると、紋蔵も結之助も確信した。

さらに、紋蔵はたたみかける。

「それにな、おぶんの遺体もみつかっちゃいねえ。おめえが死なせようとしたふたりが生きているとしたら、困ったことになるんじゃねえのか」

井守屋は強気の態度を変え、膝を躙り寄せてきた。

「親分さん、何かご存じのようですね」

「さあな」

「いくらなら、教えてもらえるんです」

「金で釣ろうってのか」

「いけませんか。どうせ、そのつもりでいらしたんでしょう」

「ちっ、みくびられたもんだぜ」

紋蔵は舌打ちをかましつつも、ぱっと手のひらをひろげてみせた。

「五十両だ。仁吉がおぶんに借りようとした金さ。おめえなら、知らねえはずはあるめえ」

「へっ」

井守屋は首を縮め、曖昧な笑みを浮かべる。

「五十両を払えば、ぜんぶ水に流していただけるんですかい」

「ああ、そのとおりだ」

「今すぐにはご用意できませんけど、あとで必ずお届けいたしますよ。余計なことは喋らないっていう証文も頂戴しませんとね」

「ふむ、それでいい」

紋蔵は意気揚々と胸を張り、井守屋をあとにした。

結之助は憮然とした顔で、丸まった背中につづく。

「卯左衛門ってな、そうとうな悪党だぜ。おめえさん、どうおもうね」

「親分のおもっているとおりさ」

「だろ。へへ、足労した甲斐があったぜ」

「気をつけたほうがいい。あんたは連中の尻に火を付けた。たぶん、汚い手を打ってくるにちがいない」

「それが狙いよ」

うそぶく紋蔵は、危うい情況を楽しんでいるかのようだった。

五

翌日、さっそく敵は動いた。

ひなた屋にあらわれたのは、同心の勝股陣九郎だ。

おふくは急いでおぶんを奥に隠し、素知らぬ顔で応対する。

紋蔵はおらず、結之助と三毛猫だけが部屋の隅に控えていた。

勝股は部屋をぐるりと見まわし、上がり端に尻を引っかけた。

「女将、おめえにちと尋ねてえことがある。正直にこたえてくれ」

「何ですか、あらたまって」

「月見船を借りきった晩のことさ。番屋で聞いたぜ。吾妻橋の下を潜りぬけたとき、橋のうえから男が落ちてきたと言ったそうだな。でもよ、そいつは嘘じゃねえのか。落ちてきたのは、女のほうなんだろう」

「どうして、そうだとわかるんです」

「船頭が喋ったのさ。若えほうがな。へへ、どうだ、言いのがれはできめえ。おめえらは女を助けた。おぶんだよ。ところが、助けられたはずのおぶんは、浅草の実家にも帰っちゃいねえ。ひょっとしたら、おめえが匿ってんじゃねえかとおもってな」

鋭い指摘を受けても、おふくはいっこうに動じない。

奥に向かって手を叩き、小娘に茶の仕度を命じた。

しばらくすると、小娘が銚子と肴を盆に載せてあらわれる。

肴は芝明神の祭りで買っておいた谷中の生姜だ。

酒で満たしたぐい呑みを持たされ、勝股は舌なめずりした。

いける口なのだろう。

勝股は口を尖らせ、ぐい呑みをかたむける。

「ぷはあ、美味え茶だ。気が利くじゃねえか」

「それはもう、旦那方あってのひなた屋ですから」

「ふん、調子の良い女だな」

勝股はかりっと生姜を齧(かじ)り、諸白(もろはく)で満たしたぐい呑みを嘗める。

「で、おぶんをどうした」

「どうもしやしませんよ。だいいち、何で、わたしが心中者に関わらなきゃならないんです」

「おれもな、そいつがわからねえ。おめえは二年前、おぶんに見合い相手を紹介した。そこまでの調べはついているんだが、心中者を助けるほどの義理はなさそうだ。近所に聞いてみても、肥えた年増のすがたをみた者はいねえしな。でもよ、どうも臭え。これは同心の勘ってやつだ。長えこと廻り方をやっていると、正直なやつと嘘を吐いているやつの区別がひと目でつくのよ」

「へえ、わたしはどうなんです」

「わからねえ。おめえはそうとうな役者だ。でもな、臭え」

「ようござんす。見世の奥まで、とっくり調べてくださいな。わたしだって女だ。面と向かって、臭え、臭えって言われたら、たまりませんよ。さ、どうぞ。ずいっと奥まで調べておくんなさい」

さすがは、侠客気質の女将だ。

結之助は傍で眺めながら、舌を巻いていた。

勝股は顎を撫でまわし、ふふんと鼻で笑う。

「おもしれえ女だな、おめえは。よし、侠気に免じて、今日のところは勘弁してやる。ただし、おめえがおぶんを匿っていると知れたら、容赦はしねえ。わかっているとおもうが、心中して生き残った者を匿ったら、そいつも同罪だ。髪を切って溜送りになるってことを肝に銘じておくんだな」

「承知しましたよ、おぼろの旦那」

「ふふ、同心をコケにしやがって。あばよ」

勝股は表口へ向かい、ついでに結之助を睨みつける。

「聞いたぜ。おめえ、ひなた屋の用心棒だってな。左手一本で豆を切ってみせるそうじゃねえか。右腕はどうしたい。山狗にでも食われちまったか。ふへへ、おめえみてえな野良犬がいっち臭え。腹が減ったら、辻斬りでも何でもやりかねねえからな」

後ろから、おふくが叫んだ。

「おぼろの旦那、そのひとをコケにしたらいけませんよ」

「ほう、どうして」

「旦那の剣は北町奉行所で一番だって聞いていますけど、たぶん、そのひとは旦那の上をいきますよ。下手なことを言って命を縮めたら、つまらないじゃありませんか」

「おふくよ、おれを焚きつけてんのか。いいぜ、いつだって相手になってやる。野良犬なんぞ斬っても、屁の足しにもならねえけどな」

蛇のような眸子(まなこ)で睨まれ、結之助は顔を逸らす。

できれば、刀を合わせたくない相手だなと、心の底からおもった。

六

翌朝、紋蔵が斬られたと聞き、結之助は押っ取り刀で外へ飛びだした。

行き先は杉ノ森新道の西、堀川に架かる万(よろず)橋の手前に、紋蔵の拠(よ)る小さな十(じゅう)九文(くもん)店がある。

店のいつもきまった場所には、おつねという梅干し婆が置物のように座っていた。

「おつね婆さん、紋蔵親分はどうした」

「おたみといっしょに、和国餅を買いにいったよ。待ってりゃ、そのうちに帰えってくるさ」

「斬られたと聞いたが」

「浅手じゃ。おめえさんが案じるほどのもんじゃねえ」

「そうか」

ほっと肩の荷を降ろすと、小振りの茄子を渡された。

「秋茄子の浅漬けじゃ。食え」

身の詰まった茄子を齧ると、ぷつっと心地よい音がした。

おつね婆は、紋蔵の死に別れた女房の母親だ。若い時分、遊び人の夫に捨てられ、残された娘を育てるために春を売った。やがて、成人した娘も生きるために春を売るようになり、力士くずれの通り者とくっついてしまった。

娘はつつもたせの片棒を担がされ、通り者の情夫は捕まった。縄を掛けた岡っ引きが紋蔵だった。情夫は牢死し、娘は紋蔵と切れない仲になった。ところが、ようやく人並みの幸福を摑んでくれたと喜んだやさき、流行病に罹って逝った。

娘に死なれたおつねは生きる気力を無くし、大川に身を投げようとおもったが、紋蔵に救われた。娘が死ねば赤の他人とおもっていた岡っ引きに、死んではだめだと必死に励まされた。おまけに、十九文店の商いまで世話してもらったのだ。

昨夏の川開きのころから、おつねは孫のような六つの娘と暮らすようになった。おたみというその娘は、大雨の日に崩れた材木の下敷きになって母親を失い、天涯孤独の身となった。たまさか通りかかった結之助に助けられ、ひなた屋のおふくの発案もあり、おつね婆のもとへ預けられた。

ふたりは本物の婆と孫のように、ずっと仲良く暮らしている。

出逢ったばかりのころ、紋蔵に言われたことがあった。

「人にはそれぞれ、事情ってもんがある。長く生きたぶんだけ、悲しみも増えていく。悲しみを知る者は、他人の痛みも知ることができる。痛みを分かちあうことで、どうにか、生きながらえることができるのさ」

小見川藩に仕えていたころは、そんな台詞を吐いてくれる者もいなかった。

紋蔵には感謝している。恩人といってもいい。

死なれたら、どれだけ悲しいことか。

結之助は恩人を傷つけた相手に、憎しみをおぼえた。

「人を憎んじゃならねえよ」

こちらの心根を見透かすように、おつね婆が諭そうとする。

「ことに、おめえさんは気をつけたほうがいい。諸刃の剣みてえな御仁じゃからの。人を傷つけたら、あとでぜんぶ自分に返えってくる。岡っ引きってのは因果な商売だが、紋蔵は捕まえた悪党から恨まれたことがねえ。そいつはな、悪党に縄は打っても、心は傷つけなかったからじゃ。感謝はされても、恨まれたことは一度もねえのさ。それがどれだけ難しいことか、おめえさんにゃわかるめえ」

淡々とした調子で喋り、おつね婆は居眠りをしはじめる。

しばらく待っていると、紋蔵が戻ってきた。

右腕を布で包み、首から吊っている。

「よう、見舞いに来てくれたのか」

「傷の具合は」

「なあに、てえしたことはねえ。今朝は靄が濃かったろう。魚河岸の辺りを見廻ってから、照降町のさきで思案橋を渡り、鎧の渡しまで足を延ばしたのさ。そうしたら、葦叢からいきなり、黒頭巾をかぶった野郎が襲ってきやがった」

「侍か」

「しかも、見慣れた黒羽織を着ていたぜ。頭隠して尻隠さずさ。ありゃ、おぼろ陣九郎だな」

勝股陣九郎とおぼしき侍は、抜き際の一刀で紋蔵の右腕を浅く裂いた。

そして、こう言ったという。

「これ以上、首を突っこむな」

くぐもった声だったが、勝股であることはすぐにわかった。

「小便をちびりそうだったぜ。でもな、おれに脅しは通用しねえ。生かしておいたことを後悔させてやるさ」

頼もしいかぎりだが、危ういとも感じた。

とりあえず、身辺に気をつけるように言いおき、ひなた屋へ戻る。

すると、こちらでも大騒ぎになっていた。

「おぶんちゃんが、居なくなっちまったんだよ」

おふくに宛てて、書き置きが残されていた。

——仁吉さんに逢いにいきます。

蚯蚓（めめず）がのたくったような字で、そう走り書きされてあった。

よほど、急いでいたらしい。

「文遣いが来たはずだ。誰か、みた者はいないか」

結之助に指摘され、おふくが娘たちに聞いてまわる。

「安坊(やす)が来たよ」

と、おせんが言った。

樽拾いの丁稚(でっち)小僧だ。

さっそく、安坊が捜しだされ、おふくと結之助のまえに連れてこられた。

「知らないわい」

安坊は口を噤んだが、おふくが一朱銀を手渡すと、嬉しそうに喋った。

「ねえちゃんだよ。水茶屋のねえちゃん」

「どこの水茶屋だい」

「朝日(あさひ)稲荷の境内さ」

「通油町だね」

「うん」

おふくに目配せされ、結之助は腰をあげた。

一刻も早く、おぶんを捜しださねばならない。

七

水茶屋の娘に文を渡したのは、黒羽織の同心だった。

娘は勝股陣九郎を知らなかったが、すがたかたちは一致した。

そのことを紋蔵に告げると、付きあってほしいところがあると言われた。

ふたりで足を向けたさきは、牛込水道町の貧乏長屋だ。

「石切(いしきり)長屋といってな、大家もいねえ掃きだめさ」

おぶんの心中相手にさせられた源六が住んでいたという。

「源六が病に臥せってからは、女房が身を売って小銭を稼いでいたらしい。女房は夜中に起きだして、顔に白粉(おしろい)を塗りたくる。子の寝顔をみるたんびに、涙で白粉が剝(は)げちまう。何度も何度も塗りなおし、寒空に繰りだす。そいつを源六は黙って見送った。さぞかし、口惜(くや)しかったろうぜ」

はなしを聞いているうちに、胸が苦しくなってきた。

が、紋蔵は喋りつづける。

「川に飛びこみたくなる気持ちもわかるってもんさ。でもな、源六は川に飛びこむめえに殺られた。おぶんは気が動顚していたから、いっしょに欄干から飛びこんだものと勘違いしたにちげえねえ。殺ったな、おぼろ陣九郎さ。大番屋に血の付いた木刀が転がっていやがった。小者に聞いたら、おぼろのやつが笑いながら山狗を叩き殺したと吐いたらしい。きまりだろう。あいつは人殺しだ。疑う余地はねえ」

紋蔵はぺっと唾を吐き、なおも喋りつづけた。

「じつはな、仁吉もこの長屋に住んでいた。おぶんの言ったことは、あながち、嘘でもねえ。やつは絵師だ。ただし、御用絵師じゃねえ。危な絵や屍体絵を描いて口を糊する御法度絵師でな、何度か、おぼろ陣九郎の世話にもなっている」

なるほど、勝股陣九郎は仁吉との関わりで長屋を訪れた際、源六に目を付けたにちがいない。

「それだけじゃねえ。蔭間の又八もついこねえだまで、この長屋に双親と住んでいやがった。又八を売った双親はとんずらしちまったがな。ふん、おぼろの野郎、ぜんぶ近場で調達していやがったのさ」

偽せ心中の企てを助けるのは、同心にとって容易なことではない。

だが、井守屋からの見返りは大きかった。危ない橋を渡ってでもやるだけの価値はあったのだろう。

ふたりは木戸を抜け、異臭のするどぶ板を踏みつける。

とろんとした目で軒下に座っている老婆もいれば、安酒を浴びてふらついている小汚い親爺もいた。痩せた嬶ぁは金切声をあげ、走りまわる洟垂れにびんたをくれている。

みすぼらしい恰好の住人たちは、こちらにまったく関心をしめさない。ちゃんと生きることにさえ、関心をしめしていないかのようだ。

「どうせ、店賃もろくに払えねえんだろうよ」

紋蔵は顎をしゃくった。

木戸に近い部屋から、鼠が一匹這いだしてくる。

「仁吉のヤサだ。三日めえにも来てみたが、蛻の殻だった」

さらに、どぶ板を踏みしめ、井戸に近い隅の部屋まですすむ。

四つか五つの洟垂れが、裸足で飛びだしてきた。

稲荷の祠へ駆けより、犬のように鼻をくんくんさせる。

供物の残骸を探しているのだ。

「死んだ源六の子だ。腹を空かした幼子をみると、ご政道に文句のひとつも言いたくなるぜ」

紋蔵は先に立ち、暗い部屋の敷居をまたいだ。

「ごめんよ、邪魔するぜ」

入口に背中を向け、女が横になっている。

「休んでいたのかい、すまねえな」

女はしんどそうに起きあがり、こちらにからだを向けた。

異様に痩せており、顔色もわるい。

源六の女房だった。

「親分さん」

「おっと、そのまま寝ててくれ。調子はどうでえ」

「おかげさんで、だいぶよくなりました」

「そうかい。流行風邪はこじらせたらことだ。でえじにしてくれ」

紋蔵はそう言い、小銭と薬を床に置いた。

源六の女房は両手を合わせ、じっと俯いている。

ふたりは部屋を離れ、来た道を戻りはじめた。

「後ろ髪を引かれるおもいだぜ。でもな、あれしかやってやれねえ」

紋蔵は溜息を吐き、三つ目の部屋に顎をしゃくる。

「錺職の翔太って若えのが住んでいた。そいつが、ちょっとめえから行方知れずになっちめえやがった」

結之助は促され、部屋のなかを覗いてみる。

床の商売道具は、片付けられた形跡もない。

「厠に立ったついでに、そのまんま、すがたをくらましたって感じだろう」

「ふむ、そのとおりだな」

「三つ目の偽せ心中を仕組もうって肚かもしれねえ」

だとすれば、錺職の心中相手は誰なのか。

結之助は首を捻った。

「おおかた、大店の箱入り娘か何かだろう。いや、武家の娘かもしれねえ。どっちにしろ、貧乏長屋の錺職とは釣りあいのとれねえ相手さ。惚れ薬呑んだ娘と錺職の道行き。瓦版にゃ、そう書かれるって寸法だ」

ふたりは暗い気持ちで、木戸門を通りぬけた。

と、そこに、垢じみた着物を纏った若い男が立っている。

「お、おめえは……仁吉じゃねえか」

驚いた紋蔵に向かって、優男(やさおとこ)はぺこりと頭をさげた。

そして、こちらがいっそう驚くような台詞を吐いた。

「親分、お願えだ。おぶんを、どうか助けてくだせえ」

言ったそばから蹲(うずくま)り、おいおい泣きだす。

紋蔵は面くらいつつも、仁吉の背中をさすってやった。

八

仁吉が「おぶんに心底から惚れていた」と聞いて、おふくも紋蔵もひなた屋の娘たちも、結之助でさえも耳を疑った。が、そうと聞いたからには、何としてでも、おぶんの行方を突きとめねばならなかった。

ただ、あてもなく走りまわったところで、埒(らち)は明かない。

「こうなりゃ、おぼろ陣九郎を張りこむしかねえ」

今宵は二十六夜待ち、町屋では無礼講で呑めや歌えやの乱痴気騒ぎをやり、月を拝んでおひらきとなる。ひなた屋でも毎年、賑やかな催しをおこなうのだが、今宵ばかりは通夜のように静まりかえっていた。

結之助と紋蔵にいたっては、代待の願人坊主よろしく、八丁堀界隈に潜み、出歩くかどうかもわからない同心の屋敷を張りこんだ。

瓢酒を飲ってからだを温めながら、朝まで張りこんでも動きはなかった。

あきらめていったん帰り、翌朝、ふたりは場所を移して辻陰に潜み、南茅場町の大番屋を張りこんだ。

廻り方の同心は朝一番で奉行所に出仕し、たいていは大番屋へやってくる。

そして、おもむろに一日の見廻りをはじめるのが慣習となっていた。

「妙な気分だぜ。十手持ちが大番屋を張りこむってな、あんまり気分のいいもんじゃねえな」

しばらく待っていると、案の定、勝股陣九郎はやってきた。

「番屋に顔を出して茶を一杯呑み、よっこらしょっと腰をあげ、さあて、そろりとお出ましだ」

紋蔵が戯けて言うとおり、勝股が表口から顔を出す。

追いかけようとする結之助の腕を、老練な岡っ引きが摑んだ。

「待て。廻り方の行き先は、大雑把に言って三通りある」

西の海賊橋へ向かえば、日本橋から神田、駿河台、中食を挟んで湯島、小石川(かわ)辺りへ足を延ばすであろう。さらに、八丁堀を突っきって南へ向かえば、行きつくさきは芝ときまっている。そして、北側の土手を下り、小舟を使って鎧の渡しを漕ぎすすめば、魚河岸をぐるりとまわって芝居町、浜町(はまちょう)河岸から両国、浅草橋を渡って蔵前、浅草へ向かうにちがいない。

そんなふうに説きながら、紋蔵は眠そうに目を擦る。

「ほら、陣九郎の足は土手に向かった。渡し舟を使う気だ。そうとなりゃ、一刻後は両国の広小路だな」

紋蔵は納得顔で頷き、勝股を乗せた小舟を悠然と見送った。

そして、のんびり桟橋に降りたち、別の小舟に乗りこむ。

「おれはやっこさんを追う。おめえさん、先まわりしといてくんねえか」

「ふむ、承知した」

対岸に達したところで、ふたりは別れ、結之助は別の小舟に乗って日本橋川を下りはじめた。

大川を経て両国に向かい、ほどなくして柳橋の桟橋から陸(おか)にあがる。

川縁の水茶屋に座って半刻（一時間）余りうたた寝をし、やおら腰を持ちあげた。

紋蔵の読みどおり、勝股陣九郎は両国広小路へあらわれた。

盛り場をうろつきながら、誰かを捜している。

紋蔵のすがたはない。

まかれてしまったのだろうか。

不安が過ぎる。

結之助は慎重に近づき、物陰から様子を窺った。

「ん」

勝股が首を横に振り、誰かに向かって頷いたようにみえた。

眼差し（さかやき）をたどれば、うらぶれた風体（ふうてい）の浪人がひとり歩いている。

月代と髭（ひげ）を伸ばした食いつめ者だ。

浪人は肩を怒らせながら歩き、通行人たちを押しのけていく。

反対側から、武家娘の主従が近づいてきた。

床店（とこみせ）を素見（ひやか）しながら、ゆっくり歩いてくる。

娘は十八、九であろう。

島田髷（しまだ）に、びらびら簪（かんざし）を挿している。

従者の荷物持ちは、四十前後の折助（おりすけ）だ。

狙いは、あの娘か。

結之助が動くと同時に、浪人が怒声を発した。

「退(ど)け、退かぬか」

まっすぐ従者に迫り、どんと肩をぶつける。

「何をいたす。無礼者め」

大声で難癖をつけ、折助の胸倉を摑んだ。

「おやめください。どうか、おやめください」

かたわらで、武家娘が必死に懇願している。

そこへ、ここぞとばかりに勝股が駆けよった。

「こら、待ちやがれ」

結之助には、あらかじめ仕組まれているとしか映らない。

浪人は申しあわせたように、ずらりと刀を抜いた。

「不浄役人め、文句でもあるのか」

「刀を納めろ。ここは天下の往来だ」

「うるせえ。てめえなんぞ、膾(なます)斬りにしてやる」

「ふん、できもしないことを言うな」

人垣のなかから、誰かが叫んだ。
「おぼろの旦那、やっちまえ」
「そうだ、そうだ」
どうせ、さくらだろう。
さくらに煽られ、野次馬たちの興奮も高まっていく。
「仕方ねえ」
勝股は十手を抜かず、刀を鞘走らせた。
相青眼に構え、すっと四肢の力を抜く。
北町奉行所随一と評されるだけあって、一分の隙もない構えだ。
ただし、相手の浪人も構えから推すと、なかなかの遣い手だった。
ふたりは睨みあい、一歩も動かない。
ぴんと、張りつめた空気が流れている。
勝股は先手を取って突きに出ると、結之助は読んだ。
心形刀流において、突きは死刀とされる。
むしろ、引きの太刀を重視し、突きは誘いの一手でしかない。
読みどおり、勝股は先手を取った。

「つおっ」

鋭い踏みこみから、相手の臍を狙って突きを繰りだす。

「何の」

浪人は受け太刀を取るべく、青眼に握った拳を下げた。

その瞬間、ほんのわずかな隙が生じた。

「中道下がり藤か」

心形刀流の奥義を、結之助はおもいだした。

中道とは臍を狙った誘いの突き、下がり藤とは刀を下げた相手の不意を衝け、
というほどの意味だ。

勝股は白刃を引きながら払い、相手の拳を斬った。

いや、斬ったふりをした。

「ちいっ」

浪人は右手を抱えこみ、刀も納めずに背を向ける。

走り去る背中をみつめ、勝股は刀を仕舞う。

予想以上の力量だ。

しかも、結之助は「おぼろ」という技がどのようなものか知らない。

後ろから、誰かに袖を引かれた。

「よ、ご苦労さん」

紋蔵だ。

最初から、野次馬のなかに紛れていたらしい。

「みてみな。おぼろのやつ、武家娘に感謝されていやがる。おおかた、駿河台辺りに立派な御屋敷を構えた旗本の娘だな。そうとうな別嬪(べっぴん)だし、身分も高え。惚れ薬を呑ませる相手としちゃ、申し分ねえ」

「まさか」

「いいや、あの武家娘を勾かし、錺職の翔太と心中させようって魂胆さ。おめえさんだって、わかってんだろう。こいつは一から十まで、仕組まれたはなしなんだよ」

敵は手強い。

だが、黙って見過ごすわけにはいかない。

「どういたす」

「娘のほうはどうすることもできねぇ。おぶんのこともあるし、悪党どものねぐらをつきとめるのが先だ。こうなったら、腐れ同心の背中に食いついてやるぜ。

すっぽんみてえにな」

紋蔵は、不敵な笑みを浮かべてみせた。

九

ふたりは、勝股陣九郎を追いつづけた。

勝股は神田明神下で少し青みを帯びた新蕎麦をたぐり、満足そうに楊枝で歯をせせりながら、関口から目白へ向かう。

牛込水道町の石切長屋は、すでに通りすぎた。

音羽の南から清戸道へはいり、雑司ヶ谷方面へすすむ。

大名屋敷の海鼠塀を左手にしながらすすみ、高田四ツ家町の手前で左に折れた。

そのさきは昼なお暗い日無坂、薄れゆく黒羽織の背中を追い、ふたりは急坂をくだっていった。

「このさきは」

「大名屋敷の海鼠塀が途切れたさきは、田島村の刈田がひろがっている。右手にこんもりとみえてくる杜は氷川神社だ。その手前が宿坂で、坂下に流れる神田上水に架かる橋が姿見橋さ」

勝股は日無坂を下りて刈田の畦道を横切り、西陽を頬に受けながら宿坂を辿る。

そして、姿見橋を渡ったさきで右手に折れた。

使われていない水車が転がっており、枯れた雑草の狭間に埋もれるようにして、古い百姓家が建っている。

家屋のなかから、怪しげな髭面の浪人がすがたをみせた。

勝股と親しげに挨拶を交わし、ふたりで百姓家に消えていく。

しばらくのあいだ、結之助と紋蔵は草叢に隠れて張りこみをつづけた。

夕陽を映して真っ赤に燃える川面を滑り、姿見橋へ荷舟が一艘近づいてきた。

人足はふたりだ。

桟橋に舟を横付けにし、重そうに荷を降ろす。

「早桶だぜ」

人足は前後になって早桶を担ぎ、こちらへやってきた。

「あのなかに誰かいる」

ひょっとしたら、両国広小路で目にした武家娘かもしれない。

金で雇った別の浪人どもに命じ、勾かさせたのだ。

あるいは、おぶんかもしれず、胸騒ぎがしてくる。

おぶんはまだ、生きているのだろうか。

早桶はすぐそばを通りすぎ、百姓家へ向かった。

紋蔵が吐きすてる。

「連中がおぶんを生かしておく理由はねえ」

「いや、そうとも言えぬ」

「どうして」

「こっちがどこまで真相を知っているのか、敵も知りたかろう」

「そいつを、おぶんの口から聞きだそうってわけか。なるほど」

ともあれ、生きているのを祈るしかない。

——ごおん。

暮れ六つの鐘が、捨て鐘を三つ撞いた。

ふたりは、表口へ目を向ける。

早桶を迎えるべく、意外な人物が顔を出した。

「おっと、黒焼き屋じゃねえか」

井守屋卯左衛門である。

「今夜あたり、何かやらかすつもりだな」

紋蔵は、舌なめずりしてみせる。

「いっそ、斬りこむか。いや、焦りは禁物だ。もうちょい、待ってみよう」

おぶんを助けたいのは山々だが、敵の手の内を知らねば墓穴を掘るだけのはなしだ。それに、勝股は存外に律儀な男で、一度大番屋へ戻る公算が大きいと、紋蔵は踏んでいた。

日没となり、辺りは薄闇に包まれた。

――かあ。

日無坂の暗闇から、鴉の鳴き声が聞こえてくる。

冷たい風が枯れ草を揺らし、肌が針で刺したように、ぴりぴりしだす。

紋蔵の読みどおり、勝股は外へ出てきた。

来た道をたどって、姿見橋の向こうへ去っていく。

「清戸道へ出て、辻駕籠でも拾う気だな」

と、紋蔵は囁いた。

そうなれば、当面のあいだ、もっとも手強い相手はいなくなる。

残った敵の数は、おおよその見当がついていた。

雇われ浪人が三人か四人、人足がふたりと鼻持ちならない黒焼き屋がひとりだ。

一方、男女三人が百姓家に閉じこめられているものと察せられた。

武家娘と錺職の翔太、それと、おぶんだ。

「どうする、旦那」

「行こう」

動きかけたところへ、小柄な男が足早にやってきた。

「待て。ん、あれは通油町の瓦版屋だぜ」

「瓦版屋」

「ああ。やっぱし、あの野郎もつるんでいやがった。よし、おれがあいつになりすまし、表口の戸を敲く。旦那、手っとり早く始末してきてくれ」

「承知」

結之助はすっくと立ちあがり、風のように走りぬけた。

「うっ」

呻くような声がしたので、紋蔵が駆けつけてみると、瓦版屋が地べたで俯せになっている。

「殺っちまったのかい」

「いいや。眠っているだけさ」

「そうかい」

紋蔵は薄く笑った。

「よし、おれが表口で大声をあげて連中の気をひく。おめえさんはその隙に裏手から忍びこみ、おぶんたちを助けてくれ」

「承知」

結之助は闇に紛れ、ぬかるんだ道をたどって裏手へまわる。

破(や)れ芭蕉(ばしょう)を踏みしめ、勝手口のそばにたどりついた。

月明かりに照らされ、白い花が咲いている。

「山茶花(さざんか)か」

勝手口は開いていた。

足音を忍ばせ、暗闇を手探りですすむ。

表口は静かなものだ。

かなり離れているので、耳を澄ませても、表戸を敲く音は聞こえない。

不安が募ってきた。

闇が重くのしかかってくる。

土間をさきへとすすみ、廊下へあがった。

そのとき、無精髭の浪人があらわれ、手燭を柱に一本、二本と突きたてていった。

揺れる炎の連なりが、結之助を誘っている。

「悪党ども、神妙にしろい」

突如、表口から怒声が聞こえた。

紋蔵だ。

結之助は廊下を駆けぬけ、手燭の刺さった手前の部屋をみた。

蒲団部屋のようだ。

板戸を開けると、武家娘と錺職が背中合わせに縛られていた。

ふたりとも猿轡を填められ、恐怖で眸子を逆さに吊っている。

結之助は素早く刀を抜き、しゃっと縄を断った。

縄の解けたふたりに向かい、勝手口を指差す。

「逃げろ」

よろめく足取りのふたりに背を向け、結之助は表口をめざした。

「うわっ、後ろにもいたぞ」

やにわに、浪人のひとりが斬りつけてきた。

難なく躱し、沈みこみながら脾腹を掻く。

「ぬげっ」

表口の土間では、紋蔵が四人に囲まれていた。

ふたりの浪人は刀を抜き、人足どもは匕首を握っている。

「しゃらくせえ」

紋蔵は錆びた十手を振りあげ、突きかかってきた人足の額を叩きのめした。

「ぬおっ」

結之助は鬼の形相で唸り、板間からぶわっと飛びおりる。

一刀で、ひとりの籠手を断った。

「うげっ」

もうひとりの浪人も柄頭で顎を砕かれ、声もなく気絶する。

ひとり目の浪人もふくめて、三人とも致命傷は与えていない。

残ったのは人足ひとり。一歩踏みこんで髷を飛ばすと、なかば開いた表口から血相を変えて逃げていった。

紋蔵は十手を背帯に差し、土足で板間にあがる。

「おぶんはどうした」

「おらぬ」

首を横に振ると、紋蔵はぺっと唾を吐いた。

「おい、起きやがれ」

腹を押さえて呻く浪人の襟首を摑み、一発撲りつける。

「おぶんはどこだ」

浪人は震える指で、廊下の隅を差した。

「隠し部屋か」

結之助は駆けより、板戸を蹴倒す。

「それ」

ふたりいっしょに、躍りこんだ。

「うわっ」

有明行灯のそばに、井守屋卯左衛門が立っていた。

おぶんを後ろ手に縛ったまま座らせ、首筋に匕首を押しつけている。

猿轡を嚙められたおぶんは、朦朧としていた。

だが、しっかり生きている。

そのことが、結之助と紋蔵に百倍の勇気を与えた。

卯左衛門が真っ赤な目をして叫んだ。

「寄るな。寄るんじゃねえ」

「落ちつけ」

紋蔵は、わざとゆったりした調子で喋る。

「なあ、黒焼き屋、おぶんをどうする気だ。今まで生かしといて、ここで殺る手はねえだろう」

「うるせえ。こういうときのために、生かしといたんだ。てめえら、そっから一歩でも近づいてみな。ぶすりだぜ。本気だかんな」

「とんでもねえ野郎だな。何とかにつける薬はねえって言うが、そのとおりだ。ひなげしの旦那、やってくれい」

「ふむ」

結之助は頭を動かさず、すっと動いた。

じつは、動いたようにもみえなかった。

「あっ」

叫んだ瞬間、井守屋は脳天を裂かれていた。

紋蔵も素早く身を寄せ、おぶんを救いだす。

黒焼き屋は頭から血を噴き、罅(ひび)割れた壁に凭れるようにずり落ちていった。

「おぶん、しっかりしろい」

紋蔵に頰を叩かれ、おぶんは正気に戻った。

「連中に責められたか」

「いいえ」

「そうか。じゃ、腹が減ったか」

「は、はい」

弱々しく頷いたおぶんを、紋蔵は抱きしめてやる。

「ようし、何だって食わしてやる。それとな、おめえのことを待っている野郎がいるんだぜ」

紋蔵が笑いかけてやると、おぶんの瞳に生気が蘇ってきた。

十

日無坂を登って清戸道に出れば、辻駕籠を拾うことができる。

三人は百姓家から抜けだし、姿見橋を渡った。

宿坂の途中から、田圃の畦道へ折れる。

するとそこに、逃げた武家娘と錺職が立っていた。

「おい、おめえら、こっちに来い」

紋蔵に龕灯を翳され、怖々ながらも近づいてくる。

ふたりとも、狐につままれたような顔をしていた。

「仕方あるめえ。おめえら、心中させられるとこだったんだぞ」

事情を告げても、きちんと理解できないようだ。

とりあえず、五人で日無坂を登りはじめた。

——かあ。

鴉の鳴き声に、武家娘が縮みあがる。

「闇鴉か。不吉だな」

紋蔵が吐きすてた。

と、そこへ。

坂の上から、何やら丸いものが転がってきた。

「ん、何だ」

五人は足を止め、じっと身構える。

丸いものは水溜まりを潜り、道の裂け目に嵌った。

月明かりは届かない。

紋蔵が龕灯を照らす。

「げっ」

生首だ。

「ひぇええ」

武家娘は気を失った。

おぶんが身を寄せ、懸命に娘を介抱する。

錺職は転がるように坂を駆けおり、刈田の向こうへ消えた。

紋蔵はじっと首をみつめ、冷静に吐きすてる。

「逃げた人足の首だぜ。旦那、おぼろが戻ってきやがった」

「そのようだな」

冷気が足許に忍びよってくる。

こうなったら、肚を括らねばなるまい。

――かあ。

闇鴉の鳴き声を聞きながら、結之助はゆっくり坂を登りはじめた。

ばさっという羽音とともに、嘴（くちばし）の鋭い鴉が急坂を滑りおちてくる。

結之助は同田貫を抜き、猛然と振りあげた。

「いや……っ」

闇が裂け、黒い羽毛が散らばる。

「ふはは、鴉斬りか」

遥かな高みから、声が聞こえてきた。

龕灯の光が揺れながら近づいてくる。

同田貫の白刃を立てて光を遮ると、声の主は龕灯を袖で隠した。

「坂の上と下では、上のほうが有利だろうが」

うそぶきつつ、ひたひたと坂道を下りてくる。

勝股陣九郎だ。

道に横たわった首無し胴をまたぎ、結之助の面前に迫ってくる。

五間の間合いまで近寄ったところで、勝股はぴたりと足を止めた。

「黒焼き屋はどうした」

と聞かれても、結之助は表情を変えない。

「斬った」

「ほ、めでたい」

「なぜ」

「捕まって詮議でもされたら、こっちに迷惑が掛かる」

「なるほど、おもった以上の悪党だな」

「そうよ。鬼に魂を売らねば、世渡りなんぞできぬ。ま、おぬしのごとき芥侍に何を言ってもはじまらぬ。さあ、決着をつけようぜ……おっと、そのめえに、流派を聞いておこうか」

「無住心剣術、またの名を空鈍流ともいう」

「ほほう。必殺の一手は嬰児の戯れにも似る。そんなふうに喩えられた剣か。そうと聞いたからにゃ、心して掛からねばなるまい」

勝股は両足を前後にひらき、地摺りの青眼に構えた。

心形刀流は、技多き流派として知られる。あらゆる流派の奥義を集め、研鑽と工夫を積んで独自のものに仕上げているのだ。

ただ、太刀を掲げて落とすのみと評される無住心剣術とは対極をなす。

「されば、まいるぞ」

勝股は雪駄を脱ぎすて、裸足になった。

裾の内に爪先が隠れ、同時に、跫音も消えた。

剣に熟達した者は、足の刻みと運びをみる。いや、みるのではなく、耳や肌の感覚を使いながら、つぎの一手を瞬時に読もうとする。

爪先はみえず、跫音も聞こえないとなれば、格段に不利な状況となる。

「ふふ、どうした。臆したか。されば、こちらからいくぞ」

——とあっ。

発せられた気合いが、鴉の鳴き声と重なった。

地摺りの青眼から突きだされた一刀が躍るように伸びあがり、結之助の鼻面へ襲いかかる。

素早く身を引き、間合いから逃れた。

「突くは死刀なり。突くとみせかけて突かず、突かぬとみせかけて突く。これぞ、『おぼろ』の神髄よ」

勝股は屈んで龕灯を拾い、ゆっくり坂を下って近づき、ふたたび、龕灯を足許に置いた。

「されどな、『おぼろ』の奥義は別にある。知りたいか」

「ああ、知りたい」

「教えてつかわそう。ただし、奥義を知ったとき、おぬしはもう死んでいる。受けてみよ、『柳雪おぼろ剣』」

――きえっ。

勝股は片手青眼から、またもや、突きを仕掛けてくる。

が、同じ手は通用しない。

結之助は踏みとどまり、受けの姿勢をとった。

と同時に、勝股は左手で脇差を抜いた。

「莫迦め」

右手に握った大刀を引っこめ、左手の脇差を突きあげてくる。

咄嗟に、結之助は察した。

誘いだ。

柳雪とは、雪が柳の枝から落ちるさまである。

脇差を叩きふせた瞬間、勝股は脇差を捨てるにちがいない。

それをやられたら、勢いが勝ってからだが流れる。柳雪と化してしまうのだ。

その隙を狙われ、右手の大刀で袈裟懸けを食らう公算は大きい。

それだけのことを、瞬時に悟ったのだ。

結之助はしかし、敢えて相手の仕掛けに乗った。

「ぬおっ」

突きあげられた脇差を、上から峻烈に叩きふせた。

刹那、勝股は脇差を捨てた。

おもったとおりだ。

右八相の片手持ちから、大刀で斜めに斬りつけてくる。

「死ねっ」

必殺の一刀を、結之助は鼻先で躱した。

紙一重の判断が明暗を分けていた。

「のわっ」

勝股はたたらを踏み、切っ先で地面を叩きつける。

まさに柳雪、勢いが勝ってからだが流れていた。

その瞬間、勝敗は決した。

「往生せい」

結之助は胸を反り、同田貫を振りおろす。

――ぶん。

刃音が響いた。

「ぬきょっ」

勝股は、驚いたように眸子を瞠った。

月代のまんなかに、白刃が深々と食いこんでいる。

結之助は腰を沈め、ずんと左手に力をくわえる。

不浄役人は抗しきれず、べしゃっと地に潰れた。

急勾配の日無坂に、黒い血が帯となって流れだす。

「下郎め」

結之助は血振りを済ませ、同田貫を黒鞘に納めた。

「く……っ」

誰かを斬ったあとは、とめどもなく、涙が溢れてくる。

紋蔵たちに涙をみせまいと、結之助は急坂を登りはじめた。

十一

神無月八日。

澄みきった青空がどこまでもひろがっている。

「山茶花日和だね」

おふくは娘たちを連れ、品川の海晏寺までやってきた。

江戸随一と評されるだけあって、境内を覆いつくす紅葉は息を呑むほど美しい。鎌倉期に築かれたという広大な庭には、蛇腹紅葉や千貫紅葉などと命名された古木が植わっており、行楽客はゆっくりと庭を回遊しながら、つかのまの快楽に浸ることができた。

季節の変わり目を体感すると、生きているのもまんざらではないとおもえてくる。

結之助は久しぶりに、心から遊山を楽しんでいた。

紅葉見物の一行には、肥えた女と優男のすがたもある。

おぶんと仁吉だ。

仲良く手を繋いでいる。

「すまねえ。おぶん、おいらはおめえに惚れた。心根の優しさに惚れたんだ」

日無坂で悪党を成敗した翌日、ひなた屋では、おぶんと仁吉が向きあった。

みなが固唾を呑んで見守るなか、仁吉は畳に額を擦りつけ、そう告白したのだ。

「おいらのやったこと、水に流しちゃくれねえか。こんなこと言えた義理じゃねえが、おいらといっしょになってくれ」

唐突な申し出にも聞こえたが、真剣さは伝わった。

おぶんは菩薩のように微笑み、仁吉の両手を握ったのだ。

すかさず、おふくが言った。

「ことばなんぞいらない。ふたりの心はひとつになった。さあ、お祝いだ。誰か、白酒を買ってきとくれ」

おふくは娘たちを煽り、三味線を手にして陽気に爪弾きだした。

「心中くずれで生きのこり、不幸が転じて幸となる。憂さは大川に流しましょ。終わりよければすべてよし。つんつくつん、てれつくてん」

そうした経緯もあって、今日の紅葉見物となった。

「それにしても、縁は異なものとは、よく言ったもんだぜ」

かたわらの紋蔵が、仲の良いふたりの様子に目を細める。

「でもよ、おぶんのおっかさんは許しちゃいねえらしいぜ。自分の娘には、もっと甲斐性のある男が相応しいんだと。へへ、そいつは高望みってえもんだ。なあ、おめえさんもそうおもうだろう」

「どうかな」

後ろから眺めると、おぶんは仁吉よりも頭ひとつ大きい。

紋蔵が笑った。

「男と女ってのは、おさまるところにおさまるもんさ。みてくれはでこぼこのふたりでも、いっしょになってみりゃ、それなりになるってことよ」

それなりになってほしいと、結之助は祈らずにいられない。

おふくや蔭間の京次も、同じようにおもっていることだろう。

おぶんと仁吉は銘木の蛇腹紅葉を背にして立ち、満面に笑みを浮かべている。

「まるで、祝言のような華やかさだねえ」

おふくがからかい半分に言うと、でこぼこのふたりは、はにかむように頰を赤く染めた。

悲運つばくろ返し

一

霜月になった。

道行く人々の吐く息も白い。

武家屋敷の集まる番町には、腹を空かせた山狗でさえも避けてとおる屋敷があった。

闕所物奉行、松木権太夫の屋敷だ。

芝居の敵役とも見紛うほどの悪相をした旗本がふたり、中庭をのぞむ濡れ縁に胡座を掻き、骨董商の持ちこんだ刀剣の鑑定にのぞんでいる。

ひとりは当主の松木権太夫、もうひとりは隣人の綾杉左門之亮だ。

松木の役職である闕所物奉行の闕所とは、何らかの罪を犯した者などから、お上の名のもとに身代のすべてか一部を没収することをいう。大目付の配下にあって、罰せられた大名の奥向きや御用商人の蔵へも出入りでき、闕所とされた者の財産の処分や仕分けをおこなう裁量を握っている。それだけに、盆暮れなどはご機嫌伺いに訪れる者が後を絶たず、実入りは多い。

一方、綾杉は御留守居与力をつとめる譜代の御家人で、暇をもてあましている。ふたりとも四十代なかばの妻子持ちだが、我が儘放題に育ったせいで常軌を逸した行動に出ることがままあった。

たとえば、庭の一部を柵で囲んで闘犬をやらせたり、土俵を築いて女相撲を催したり、酒を呑んで鉄砲の試し撃ちや矢競べをやったり、何かあるたびに近所から苦情がきても、いっこうにお構いなしといった風情でいる。

雨はあがったものの、空には黒雲が蜷局を巻いていた。

骨董商はさきほどから、滔々と刀の由来を説いている。

松木は耳の穴をほじくり、面倒臭そうに口をひらく。

「もうよい。ご託は聞きあきた。のう、綾杉氏」

「さよう。刀の由来なんぞ、いかようにもつくることができる。たとい、茎に名匠の銘が剪ってあろうとも、はたまた、本阿弥家の折紙が付いていようとも、おおかたは贋作よ。刀の真贋を見極めるのは容易なことではない」

「はあて、どうしたものか。やはり、斬ってみぬことには、わかるまいかのう」

「ふむ。この場で験し斬りでもやってみぬことには、真贋の別はわかるまいて」

「されば、ひとつ験してみるか」

当主は戯れ言を吐いたのだと、骨董商はおもった。

ところが、どうもちがう。

「生身の人を斬ってくれよう」

松木は平然とうそぶき、ぱんぱんと手を叩く。

待ってましたとばかりに、屈強な用人が猿轡を嚙ませた罪人を引いてきた。

「ま、まさか」

骨董商が目を瞠る。

「驚いたか。されど、案ずるな。柿色の仕着せをみれば一目瞭然、あれは罪人よ。犬畜生に劣る極悪人なれば、どう始末しようが勝手放題じゃ」

「何と」

小伝馬町の牢役人に袖の下を使い、秘かに譲りうけたのだという。

「あやつ、仏壇屋に押しいって金品を奪い、主人夫婦から丁稚にいたるまで、みなごろしにしたそうじゃ。かような輩が血の通った人であるわけもなし。験し斬りの的には、ちょうどよいわ。これぞ、まことの生き胴よ」

「むふふ、さすが松木氏。毎度、おもしろい趣向を考えつかれる」

「お気に召されたか。さて、綾杉氏、どの刀を験そうかの」

「やはり、刃長三尺の備前長船長光では」

「だな」

松木は床に並んだ刀のなかでも、際立って長いひと振りを拾いあげた。

「腰反りの強い本身じゃや。これだけの物干し竿を自在に操ることができる者は、江戸広しといえどもおるまいて」

「いかにも。されど、松木氏はさきごろ、おもいがけない拾い物をなされたとか」

「くく、それよそれ。風間、風間友之進はおらぬか」

大声で名を叫ぶと、垣根の簀戸が音もなく開き、ひょろ長い体軀の月代侍があらわれた。

「松木氏、あの者が」

「さよう。加賀(かが)浪人、風間友之進。巌(がん)流の遣い手さ」

「おお。巌流と申せば、『つばくろ返し』なる秘技があると聞く」

「わしはこの目でみた。のちほど、綾杉氏にも披露させよう。ほれ、風間、近(ちこ)う寄れ」

風間は叩頭(こうとう)し、滑るように近づいてくる。

「遠慮いたすな。もそっと近う。ふむ、それでよい。風間よ、そちの初仕事ぞ。これにある物干し竿の真贋、われらの面前でしかと確かめてみせよ」

風間は表情ひとつ変えず、長尺の刀を貰いうける。

「されば、失礼つかまつる」

派手な拵(こしらえ)の鞘(さや)も受けとり、本身をいったん鞘に納めた。

そして、すぐさま抜きはなち、白刃を嘗めるように眺める。

わずかでも売値をつりあげようと、骨董商が横から口を挟んだ。

「梨子地(なしじ)の肌に濤乱刃(とうらんば)。匂(におい)も沸(にえ)も申し分なし。左近将監(さこんのしょうげん)長光の手になる正真正銘の備前長船、名刀にござります」

「どうじゃ。風間、骨董屋の申すとおりか」

「いかにも。非のうちどころがありませんな」

「さようか。なれば、生き胴を斬ってみせよ」

「はは」

中央に連れだされた罪人は死を確信し、膝をがくがくさせている。

風間は物干し竿を引っさげ、胸を張って堂々と近づいた。

罪人は逃げようとして躓(つまず)き、ぬかるんだ地べたに転がる。

髷も顔も泥だらけになった。

お助けをと、罪人は涙目で訴える。

風間は身を寄せ、顎をしゃくった。

「斬られる者の恐怖を知ったか。おぬしは罪もない商人夫婦と丁稚を斬った。自分のしでかしたことの報いを受けねばならぬ。立つのだ」

罪人はふらつきながらも、最後の意地をみせようと立ちあがった。

「それでいい。痛みは与えぬ」

涙を流す罪人に低声で告げ、風間はずらりと本身を抜きはなつ。

腰を落とし、三尺の刀を脇構えに引きつけた。

蛇に睨まれた蛙のように、罪人は動けない。

「経を唱えよ」

風間は静かに、一歩踏みだす。

「へやっ」

ぶんと、刃音が唸った。

あまりに捷すぎて、太刀行はみえない。

刹那、罪人の胴が臍の辺りから斜めにずり落ちた。

「おお」

濡れ縁のほうから、感嘆の声が漏れる。

目を覆いたくなるような惨状に背を向け、風間は血振りを済ませた。

「ご覧のとおり、本物にござる」

大声で発すると、酷薄な旗本たちは満足げに頷いた。

松木が手を叩いてはしゃぐ。

「ぬはは、見事じゃ。褒美に、その刀をくれてやる」

「まことですか」

「まことじゃ。そのような物干し竿、おぬしにしか扱えぬわ」

「ありがたきしあわせに存じまする」

顎を震わせる骨董商にたいして、松木権太夫は叱りつけるように発した。

「金に糸目はつけぬ。ここにある刀、ぜんぶ置いていけ」

「よ、よろしいので」

「二度は言わせるな」

「へへえ」

骨董商は床に手をつき、額を擦りつける。

屋敷じゅうに、血腥い臭いが漂ってきた。

下男たちがあらわれ、急いで屍骸を片付けはじめる。

風間友之進は顔色ひとつ変えず、備前長船とおぼしき刀を鞘に納めた。

二

霜月は芝居正月でもあり、三座では顔見世興行がはじまった。

大勢の人が行き交う日本橋では暦売りが来年の暦を売りはじめ、大路に居並ぶ商家では初子の日に大黒天を奉じて商売繁盛の祈願などをしている。

結之助は杉ノ森稲荷をあとにして神田川を越え、浅草の奥山まで足を延ばした。

江戸屈指の盛り場はいつ来ても人出が多く、お祭り騒ぎのような賑やかさだ。

そこいらじゅうに香具師の売り声が響き、縁起物や種々雑多な品物が売りに掛けられている。そうかとおもえば、南蛮渡来のいかがわしい珍獣だの、花柄の着物を纏ったろくろ首だの、全身に鱗の生えた蛇女だの、生け捕りにした河童だのといった見世物小屋が所狭しと並び、人気役者の声をまねる豆蔵や、驕れる平家の末路を唸る講釈師が客を集め、はたまた、立鼓を器用に操る唐人や火吹き男や剣呑み男などがいたりする。

あいかわらず人気を博しているのは曲独楽で、幸いにも芥子之助はいない。

結之助は参道脇の適当な場所を選び、風呂敷から商売道具を出しはじめた。

洟垂れがしゃがみ、徳利や鎌をめずらしそうに覗きこむ。

「おっちゃん、何やるんだい」

「芥子之助だ。みたことあるか」

「ないよ」

「よし、そこでみておれ」

結之助は発したそばから、左手を右袖の奥に突っこんだ。

ぎりっと、力任せに右肘を捻る。

すると、右腕の肘から下が、ぼそっと地べたに落ちた。

「うひぇっ」

洟垂れは驚いて尻餅をつき、小便をちびる。

「驚かしてすまぬな」

結之助は腕を拾い、肩を軽く叩いてみせた。

「こいつは義手といってな、糝粉細工の名人にこさえてもらった代物だ」

「へえ」

洟垂れは目を輝かせ、そばに寄ってくる。

大人の見物人たちも足を止め、輪になりはじめた。

結之助は立ちあがって高下駄を履き、左手で豆を宙へ抛る。

さらに、徳利と鎌を順に抛り、徳利、豆、鎌の順に摑みとった。

「さて、ご覧じろ」

鎌と徳利を仕舞い、手のひらをぱっとひらく。

豆はとみれば、まっぷたつに切られていた。

「す、すげえ」

洟垂れは青洟を啜りあげ、大声で叫んだ。

「芥子之助だ。ほら、芥子之助だよ」

奥山でも芥子之助は人気がある。

結之助は熟練の技を披露し、ついでに腹薬を売った。

「一袋六文だ。持ってけ泥棒」

人垣のなかから、何者かが熱い眼差しを送ってくる。

ひょろ長い体軀の月代侍だ。

後ろ襟になぜか、風車を挿している。

目が合った途端、にっと笑った。

風車が風を受け、くるくるまわりだす。

妙な侍だ。

折り目のついた羽織を纏っているが、宮仕えにはみえない。

どことなく、うらぶれた雰囲気を漂わせているせいか。

同じところに立ちつづけ、じっと終わりを待っている。

仕方ないので手仕舞いにし、何か用かと目顔で尋ねた。

侍は丁寧に頭を下げ、鼻先まで近づいてきた。

「いや、邪魔だてして申し訳ない。そこもとの身のこなし、尋常ならざるものとおみうけした。剣の心得がおありのようだ。差しつかえなくば、修められた流派おたがいに余計なことは聞かず、剣術談議に花を咲かせる。

ぺこりと頭を下げられ、結之助も名乗った。

「拙者、風間友之進と申す」

注ぎつ注がれつしながら、三杯干したところで、ようやく気持ちも落ちついた。

「さ、まずは一献」

ほっぺたの赤い娘が盆に酒肴を載せ、注文を取っていった。

まだ陽は高いので、飯屋はさほど賑わってもいない。

とりあえずは、熱燗を頼む。

ふたりは暖簾を振りわけ、床几の奥に座を占めた。

「いいですね」

「小腹が空いた。のっぺい汁でも食おう」

肩を並べて仲見世大路を抜け、雷門も擦りぬけて花川戸町の一膳飯屋へ向かう。

断る理由もないし、月代侍の腰にある長い刀にも興味を惹かれた。

「おお。そうと聞けば、一杯付きあっていただかねば」

「無住心剣術です」

をお聞かせ願いたい」

久しぶりに楽しい酒だなと、結之助はおもった。

「なるほど、無住心は一毛不傷の剣か」

「はい」

相手の毛髪一本たりとも損なわず、静寂のなかから強烈な一撃を繰りだす。

「薪を割るよりも静かに、何気なく白刃を振りおろす。嬰児の戯れにも似ると評されるとおり、何ひとつ細工のない剣とも申します」

「深い。それにしても、左手一本で無住心の奥義を修得なされたとはな。いずれ、機会があれば、立ちあってみたいものだ」

「風間どのも、巌流の奥義をお聞かせ願えませぬか」

「奥義と申せば、つばくろ返しだな」

「やはり、そうでしょうね」

結之助は、風間の脇に置かれた刀をちらっとみた。

「そちらのご愛刀、三尺はありますね」

「ある。巌流は三尺一寸の木刀を握り、日夜、千回二千回と素振りを繰りかえす。上段から振りこむよりも、下段から掬いあげるほうがしんどい。されど、振りこみを一度やったら、掬いあげは二度やる。一心一刀、念を込めねばならぬ。届かぬさきの一寸と申してな、限界からさらに一寸伸びた切っ先が飛ぶ鳥をも刺す。斬るのではなく刺す。それこそが極意にござる」

「なるほど」

「ちと弁じすぎた。久方ぶりに、酒がまわったのやもしれぬ。この刀は正真正銘の備前長船長光、先祖伝来の逸品と、亡くなった母に託された。暮らしに窮しても、これだけは手放せなんだ。それゆえ、妻にはずいぶんと迷惑を掛けた」

妻女と幼い子があるのだなと、結之助は合点した。

風間はのっぺい汁を美味そうに啜り、懐中から簪を取りだす。

「妻への土産だ。風車は坊主にな。長船の贋作を売って小金がはいったゆえ、柄にもないことをしてしまった」

一瞬、風間は辛そうな顔になる。

売った贋作に曰くでもあったのだろうかと、結之助はおもった。

「拙者は今、とある旗本のもとで世話になっておる。食客のようなものでな、売った贋作というのはご当主から下賜されたものだ。一見して長船長光の贋作と見破ったが、本物だと嘘を吐いた。なぜかはわからぬ。媚びてしまったのかもしれぬ。ご当主は癇の強い御仁でな、真実を告げれば屋敷から追いだされるような気がして、それが恐ろしかった。情けないはなしかもしれぬ。されど、食うや食わずの暮らしに戻るのが、恐ろしかったのだ」

風間は目を真っ赤にさせ、乱暴に酒を呷った。

何か、よほどのことがあったのだろうと察したが、結之助は聞かずにおいた。

「ところで、朝比奈どのは、わしの愛刀をみたいと言われぬな」

「え」

「たいていの御仁は、是非みせてほしいと懇願する。遠慮しておられるようなら、その必要はない」

風間はそう言い、無骨な黒鞘から本身をゆっくり抜きはなつ。

結之助は身構えたが、風間は笑いながら柄を差しだした。

「さあ、握ってみなされ」

「では」

柄を握ると、ずっしりと重い。

備前物特有の強い腰反り、彎曲したすがたは流麗だ。

眩いばかりの濤乱刃と砂を塗したような平地の塩梅が絶妙で、うっかり見惚れてしまう。

結之助は、深い樋(ひ)に注目した。

棟区(むねまち)に近いあたりには、血が溜まりやすい。

だが、新しい血痕は見受けられなかった。

「その刀で人も犬も斬ったことはござらぬ。ゆえに、ほんとうのことを申せば、真贋の別はわからぬ。先祖伝来の刀は得てして、鈍刀(なまくら)であることが多いからな」

「よもや、そのようなことはありますまい。お見事です。眼福(がんぷく)にあずかりました」

ほっと溜息を吐き、黒鞘に刀を納めて返す。

「朝比奈どののご愛刀も、おみせいただけぬか」

恐れていた台詞(せりふ)を吐かれた。

無論、拒むことはできない。

「どうぞ」

鞘ごと手渡した。

風間は真剣な顔で抜刀し、刀身を嘗めるようにみつめる。

「なかなかの業物(わざもの)、これは」

「同田貫です」

刃長二尺二寸、片手打ちに適した厚重ねの剛刀である。

「やはりな」

風間はひとり納得し、同田貫を鞘に仕舞う。

「お刀を拝見し、そこもとに益々興味が湧いた。ふふ、どうやら、斬るのは豆だけではないらしい」

頰に皮肉まじりの笑みを湛え、風間は酒を注ごうとする。

樋に付いた血痕をみつけられたことは、承知していた。

「ささ、ぐっとやりなされ」

薦められ、ひと息に呷った酒が、異様に不味く感じられた。

三

江戸に初雪が降った。

朝方には熄み、きれいに溶けてなくなったが、頰を撫でる風は冷たい。

杉ノ森新道に小見世を構えた仕立屋は、たいへんな騒ぎになっている。

主人夫婦が釣瓶心中を遂げ、店内の太い梁から鮭になってぶらさがったのだ。

穏やかな夫婦は人づきあいもよかったので、知りあいが大勢押しかけ、嘆き悲しんでいる。人垣のなかには顔見知りも多くふくまれ、蔭間の京次やひなた屋の娘たちのすがたもあった。

結之助はたまさか通りかかって足を止めたが、関わりを避けるように稲荷社への道をたどった。

すると、後ろから影のように従(つ)いてくる者がいる。

振りむけば、ほっそりした長身の娘が立っていた。

「おたまか」

目鼻立ちのすっきりした縹緻(きりょう)良しで、額のまんなかに波銭(なみせん)大の痣(あざ)がある。

歳は十九、忍び働きのできる間諜だ。忠兵衛こと牧野忠精に仕えている。

向島(むこうじま)の延命寺(えんめいじ)山門に捨てられていたが、幸か不幸か、長岡藩江戸家老の佐久間監物に拾われ、間諜として育てられた。

「あんたに用があって来たんだ」

「ふうん、そうか」

「大殿のお役目さ。やりたくないなら、断ってもいい」

ぶっきらぼうに言いすて、冷めた目を向ける。

何度か役目をともにし、気心が知れたとおもっていたが、むこうはどうやらそうでもないらしい。

「あいかわらず、愛想のない娘だな。とりあえず、はなしだけでも聞こうか」

「いいよ」

ふたりは前後になって歩きだす。

結之助は振りむき、にっこり笑った。

「門前に水茶屋があるだろう。あそこの草団子が美味いと評判でな、食べるか」

おたまはぽっと頬を染め、こっくり頷く。

命懸けの役目をやらされてはいるが、中身は年頃の娘にすぎない。

恋のひとつもしたかろうに。

結之助は、おたまのことを不憫に感じていた。

ふたりは赤い毛氈が敷かれた床几に座り、名物の草団子を頬張った。

一服すると、おたまは囁くように喋りだす。

「首を縊った仕立屋の夫婦に関わりのあるはなしさ。日本橋本町にあった呉服商の『山城屋』が闕所になったはなし、ご存じかい」

「さあな」

「運上金をごまかしたのがお上にばれてね、身代をぜんぶ取りあげられたのさ」

財産を失った主人夫婦は行方知れずとなり、奉公人たちは路頭に迷うはめになった。

それだけではない。山城屋は大店だったので、そうとうな数の取引先を抱えていた。取引先のほとんどは山城屋にたいして売掛金を抱えており、それらをすべて棒引きにされたかたちになった。

「首を縊った仕立屋は、山城屋の下請けだった。仕事を失い、売掛金も貰いそこね、世を儚(はかな)んだあげく、ああするしかなかったのさ」

「なるほど」

「憐れなはなしだろう」

結之助は頷きつつも、鬢を掻いた。

「それで、なぜ、忠兵衛どのが関心をもたれるのだ」

「近頃、山城屋と同じように運上金を払わず、闕所になる大店が目立つのさ。しかも、ほとんどは紐付きの御用達でね」

山城屋も淀(よど)藩十万石の御用商人だった。

闕所になった商家を調べてみると、いずれも藩への貸付金が膨らみ、台所は火の車になっていた。貸付金の穴を埋めるべく、為替両替屋などから元手を借りる者もおり、なかには、店ごと身売りしても借金の残る商家もあったという。

「借金逃れのために、わざと罰を受けている節もあると、大殿は仰せでね」

それを証拠に、おたまは山城屋の主人福右衛門が逃れたさきを突きとめ、夫婦水入らずで悠々自適に暮らしている様子を確かめてきた。

罰を受けるまえに蓄財の一部を隠し、それを使っていることは想像に難くない。

「奉公人や取引先が泣いているのに、自分たちだけはのうのうと暮らしている。これが謀事だとすれば、許すわけにはいかないって、大殿はお怒りだよ」

白髪の老人が真っ赤になって怒っている顔を、結之助は瞼に浮かべた。

「で、何をすればよい」

「お指図を待っておくれ。そのあいだ、きっちり下調べをしておくから」

「わかった」

「それじゃ行くよ。お団子、ごちそうさま」

おたまはあっさりした調子で礼を述べ、旋風のように消えた。

「面倒なはなしだな」

結之助は冷めた茶を啜り、渋い顔をつくった。

四

堀川に浮かぶ鴛鴦(おしどり)をみつけ、結之助はしばし見入ってしまった。

あれは釣瓶心中を遂げた仕立屋夫婦の生まれ変わりなのではないか。

詮無いことをおもい、沈んだ心持ちで芳町の露地を歩いていると、辻陰からのっそりあらわれた者がいる。

「よう、朝比奈どの」

気軽に声を掛けてきたのは、風間友之進であった。

「ちょうどよかった。ひなた屋を訪ねたら、おぬしは留守だと告げられてな」

「何か用事でも」

「別に用というほどのことでもない。ちと、付きあってくれぬか。湯島横町(ゆしまよこちょう)に美味い鳥串を食わせる見世がある」

満面の笑みを向けられ、断るのも忍びない。

結之助は頷いた。

「ありがたい。されば、まいろう」

ふたりは肩を並べて露地を渡りあるき、大路を横切って進んだ。

古着屋の並ぶ八ツ小路を突っきり、神田川に架かる昌平橋を渡れば、湯島横町へたどりつく。

「さあ、そこだ」

鳥串を食わせる見世は薄汚い小見世だったが、風間に言わせれば「江戸でも五指にはいる美味い鳥屋」らしかった。

さっそく、風間は暖簾を振りわけた。

床几はなく、網で鳥肉を焼く親爺のまわりを幅の狭い板がぐるりと囲み、明樽が八つほど置いてある。

「ちょいと、外でお待ちを」

親爺が胡麻塩頭を下げた。

言われたとおり、外へ出て待つ。

「ふふ、八人で席はいっぱいになる。中食を外して来ても、こうして待たねばならぬのよ」

やがて、ふたりの侍が出てきた。

満足そうに腹をさすり、軽く会釈をしながら去っていく。

結之助は、ごくっと唾を呑みこんだ。

「さあ、まいろう」

もう一度、暖簾を振りわける。

先客たちが奥に詰め、席をつくってくれた。

「おっと、かたじけない」

ふたりで明樽に座ると、燗酒が出された。

親爺は串に刺した鴨肉を炭火で焼く。

良い匂いが漂ってきた。

「注文をせずともいいのさ。なあ、親爺。客の顔をみれば、食いたいものがわかるのだろう」

「うちにゃ鴨肉と手羽と砂肝しかねえ。そいつを順に出しゃ仕舞いさ」

「ふふ、あいかわらず愛想のない親爺だ。朝比奈どの、おぬし、砂肝は食べたことがおありか」

「いいえ」

「だとおもった」

風間はにんまり笑い、酒を注いでくれた。

「ま、とりあえず、一献いこう」

盃をあげ、さしつささがれつしながら呑む。

塩焼きにした鴨肉と手羽が出てきた。

「美味い」

つぎに出された砂肝の歯ごたえは、癖になりそうだ。

「ふふ、そうであろう」

風間はふたり分の銭を払い、馳走してくれた。

すっかり満足した気分で外に出ると、雲間から穏やかな陽光が射しこんでくる。

「いや、散財をお掛けしました」

「なあに。そんなことより、もう少し付きあってくれぬか」

「はあ」

風間に誘われ、土手から桟橋に降りた。

暇そうな船頭を呼び、小舟に乗りこむ。

小舟は舳先をまわし、上流に向かって滑りだした。

「わしは五年前まで、加賀大聖寺（だいしょうじ）藩の馬廻役を勤めておった」

おもむろに、風間は素姓を語りはじめた。

「上役の娘を娶り、新居で所帯を構えたばかりでな。つましくとも、充実した日々を送っておった」

凶事が起こったのは、そうした矢先のことだった。

勤めから戻ってみると、新妻が迎えに出てこない。暗くなるまで待っても帰らないので、風間は不審におもって捜しにいった。しばらく近所をうろついたがみつけられず、二刻ほどして家に戻ってくると、どうしたわけか親戚の者たちが集まり、泣き腫らした目をしている。

部屋には、変わりはてた新妻の遺体が寝かされてあった。

昼の日中、所用で出かけた折、従者ともども人気のない道で暴漢に襲われた。手込めにされたあげく、舌を噛みきったのだと聞かされ、風間は耳を疑った。

と同時に、激しい怒りをおぼえた。

悲しみを怺え、悪辣非道な仇を求め、半月ののち、疑わしい者を捜しあてた。

「重臣の子息だった。穀潰しの三男坊でな、徒党を組んで喧嘩狼藉を繰りかえしては、親に迷惑を掛けていた」

城下で知らぬ者とてない札付きの悪党で、その者が悪仲間ふたりを誘い、酔った勢いで妻を襲った。

風間は調べをすすめ、ほぼ確証を得たものの、白洲(しらす)で証明する術はなかった。

そもそも、妻女の仇討ちを願いでるのは、武士として恥を晒すようなものだ。

「さりとて、許すことはできぬ」

風間は仇の三男坊を秘かに見張り、料理屋で仲間とともに酒盛りしているところを襲った。瞬きのあいだに三人を斬りすて、その足で出奔(しゅっぽん)したのだという。

「すまぬ。つまらぬはなしを聞かせてしもうた」

小舟はゆったり川面を滑り、小石川御門そばの桟橋へ達した。

ふたりは陸へあがると、水戸藩邸の外周をぐるりとまわり、牛(うし)天神へ通じる橋を渡った。

この辺りは江戸川が西へ直角に曲がっている。大曲(おおまがり)と呼ばれており、石切橋(いしきりばし)までのおよそ六丁にいたる江戸川の両岸には、桜並木がつづいていた。もっとも、今は色づいた葉も落ちかけている。

「もう少しだ」

牛天神を右手にみて北へ進むと、九段の急坂があった。

伝通院(でんづういん)に通じる急坂で、海岸の近かったそのむかしは網干(あみほし)坂とも呼ばれたが、今は坂沿いにある安藤飛騨守の上屋敷に因んで安藤坂と通称されている。
安藤坂を中腹まで登り、少し息が切れてきたところで左に曲がった。
陸尺町を通りすぎ、武家地にいたる。
すると、細流が流れており、細長い石が三枚敷いてあった。
橋ともいえぬような代物だが、これが赤子橋というらしい。
以前は御駕籠衆の拝領地だったので「御駕籠」が「赤子」に転じたのだとも、小見川
子捨ての名所だったからとも言われているが、赤子橋と言えば小石川と、小見川
出の結之助ですら知っている名だった。
風間は石の橋を渡り、大股でどんどんさきへ進む。
やがて、武家屋敷の途切れたあたりに、朽ちた冠木門がみえてきた。
「さあ、着いたぞ」
門を潜れば、ぺんぺん草に覆われた廃屋が佇んでいる。
寒々としており、狢しか棲んでいないような気配だ。
風間は両手を腰にあて、じっと廃屋をみつめた。
吹きぬける横風に土埃が舞い、着物の裾を捲りあげる。
まるで、大志を秘めた若者が岸壁に身を晒しているかのようだ。

風間は振りむき、搾(しぼ)りだすように言った。

「ここで道場をひらきたい」

目をきらきらさせ、夢を語りだす。

「今の妻は、品川の岡場所で懇(ねんご)ろになったおなごだ。賢くて優しいおなごでな、心の傷を癒してくれ、可愛い倅(せがれ)まで産んでくれた」

九つになった倅のためにも、風間はひと旗あげたいのだという。

「どうだ。いっしょにやらぬか」

「え」

「不思議におもうかもしれぬが、わしはおぬしに同じ匂いを嗅いだ。人生を一度はあきらめた。されどいまだ、生きることをあきらめきれぬ。小さくとも、幸せを手に入れたい。そうした願望を心の片隅に抱きつつ、もがいて苦しんで、どうにか生きながらえているような、おぬしにはそうした匂いを感じる」

風間は胸を張り、自信たっぷりに言いはなつ。

「無論、断ってもいいのだ。唐突な頼みであることは、充分に承知しておる。おぬしといっしょなら、きっとうまくいくような気がしてな。いや、かならず、道場は評判になるだろう。巌流と空鈍流の神髄を江戸の隅々まで、あまねくひろめることもできよう。どうだ。やってみぬか」

熱い気持ちに、押しつぶされそうになった。

結之助は諾とも否ともこたえられず、風に煽られた廃屋をみつめていた。

五

無理だとはおもいつつも、風間友之進と夢を共有するのもわるくはないとおもった。

せっかく、誘ってもらったのだ。おもいきって別の道に踏みだせば、過去の呪縛から逃れられるかもしれない。

目を瞑るといつも、あのときの光景が浮かんでくる。

結之助は小見川藩の陣屋の中庭に敷きつめられた白い玉砂利のうえに正座し、藩主正容公を仰ぎつつ、悲愴な覚悟で叫んでいた。

「殿、ご覧あれ」

右腕をにゅっと差しだすや、左手に握った脇差を高々と振りあげる。

「けい……っ」

鋭い痛みとともに鮮血が散り、玉砂利のうえに右腕が落ちた。

居合わせた重臣たちは呆気にとられた。

「捨ておけい」

正容公だけは鼻白んだ顔で吐きすて、高座から居なくなった。

どこからか、泣き叫ぶ妻女の声が聞こえてきた。

「琴音、琴音」

声をかぎりに名を呼んでも、すがたはみえない。

そこでいつも、我に返る。

全身が汗でびっしょり濡れていた。

藩主の面前で右腕を断ったことを、後悔したことはない。

ただ、すべてが夢だったのではないかと、錯覚することはあった。

右腕に触れた途端、うつつに引きもどされ、胸に虚しさが去来した。

家を捨て、藩を捨て、故郷を捨て、最愛の娘までも捨て、何もかも捨てて旅に出た。漂泊の空に故郷の山河を思い浮かべ、どうしようもなく泣けてきたのをおもいだす。

右腕を断つことで、いったい、何をしめそうとしたのだろうか。

もちろん、藩主の翻意を促したかった。

妻の琴音を守ろうとしてやったことだ。

しかし、それだけなのか。

なぜ、腹を切らずに、腕を断つという道を選んだのか。

本心を言えば、死にたくなかった。

どうにかして、生きながらえようとおもった。

裁かれて死ぬにせよ、しでかしたことの結末を見極めてから死にたかった。

腕を断って助けられたあとも、死なずに済むのではないかという一縷(いちる)の望みを抱いていた。生かしてもらえるのならば、琴音とともに、這いつくばってでも生きたい。

重臣のはからいで希望はかない、つかのまの幸福が訪れた。

結之助は娘を授かり、神仏に感謝を捧げた。

その直後、不幸のどん底に突きおとされた。

琴音を失ったのだ。

ふたたび、夢を抱く気力が湧いてこない。

一生、過去の呪縛から逃れられそうになかった。

おそらく、琴音が生きていたら「やってみなされ」と背を押したことだろう。

だが、結之助にはどうしても、夢を追いかけている自分のすがたを思い描くことができなかった。


唇に差せば薬にもなるという寒中丑紅(かんちゅううしべに)の引き札が、風にひらひら舞っている。

結之助は間諜のおたまに連れられ、根津の岡場所までやってきた。

理由は知らされていない。余計なことは聞かないという不文律のようなものが、ふたりにはあった。

池之端(いけのはた)の北から根津門前町に向かい、権現裏手の千駄木(せんだぎ)方面へ抜ける。

この辺りは安価な隠売所(かくしばいじょ)で、小便臭いどぶ川に面して、長屋風の四六見世(しろくみせ)が並んでいる。

昼でも薄暗い露地裏へ踏みこむと、顔を壁のように白く塗った女たちが手を差しのべてきた。

開けはなたれた窓からは、抱きあう男と女のあられもないすがたもみえる。

「掃きだめだね」

おたまは吐きすて、足を止めた。

顎をしゃくった小汚い部屋から、客らしい男の怒声が聞こえてくる。

「この、くそあま。てめえ、おれの言うことが聞けねえのか」

出職風の酔客が、白粉の剝げた女を蹴りつけている。

「ごめんなさい、ごめんなさい」

女は土間に這いつくばり、土下座してみせた。

酔客は乱れた女の髷を鷲摑みにし、外へ引きずりだす。

結之助がおもわず身を乗りだすと、おたまが袖を摑んだ。

「やめときな」

辻陰から、鰹縞の褞袍を羽織った大年増がやってくる。

「抱え主だよ」

と、おたまが囁いた。

抱え主は客に詫びを入れて早々に帰すと、道端に座りこんだ女を叱りつける。

「おまえ、何さまだい。男を銜えこんでなんぼだろう。それはできません、これはだめですじゃ、こちとら商売あがったりなんだよ。いいかい。ここで生きていきたいなら、客の言うことを一から十まで聞きな。自分を捨てるんだよ。そうすりゃ楽になる」

抱え主はぺっと唾を吐き、辻陰に消えた。

おたまが溜息を吐く。

「あの娘は昨日、ここに売られてきたんだ。双親は高利貸しに借金をしていて、そいつが返せずに釣瓶心中を遂げた。たったひとり残された娘は借金のカタに取られ、小便臭い掃きだめに捨てられたってわけ」

「まさか、仕立屋の娘ではあるまいな」

「やっと気づいたのかい。山城屋が仕立屋に手間賃を払ってやれば、こんなことにはならなかったんだよ」

同じような運命をたどった娘たちは、ひとりやふたりではないらしい。

「こんなことが、許されていいのかい」

結之助は応じるかわりに、拳をぎゅっと握りしめた。

四六見世のほうから、歯の欠けた年増がよたよた近づいてくる。

「旦那、恐い顔してどうしなすったの。遊んでいきなよ。お安くしとくからさ」

身を引くと、年増は口から泡を飛ばした。

「素見しならお断りだよ。とっとと失せな」

仕立屋の娘はとみれば、別の酔客にからまれている。

ちょうど平手で頬を叩かれ、壁際に吹っ飛んだところだ。

結之助はおたまの制止を振りきり、酔客のそばへ駆けよった。

後ろから半纏の襟首を摑み、どぶ川に抛りなげる。

「何しゃがんでえ」

男はずぶ濡れで這いあがり、懐中に呑んだ匕首を抜いた。

「きゃっ」

女たちの悲鳴が響く。

結之助は有無を言わせず、男の右腕を搦めとった。

「痛えっ」

匕首が転がりおちる。

膂力を込めるや、取った腕がぼきっと折れた。

「ぎゃあああ」

男は悲鳴をあげ、転がるように逃げていく。

気づいてみれば、見世の女たちが遠巻きに囲んでいた。

誰もがみな、敵意の籠もった眼差しで睨みつける。

さきほどの抱え主もおり、般若のような顔で怒鳴った。

「あんた、何のつもりだい。この娘に関わりでもあんのかい」

「い、いや」

「だったら、この娘を抱きたいのかい」

「そうではない」

「なら、何だい。ひょっとして、人助けのつもりじゃあるまいね。ふん、冗談じゃない。あんたのせいで、この娘は上客をひとり取りにがしたんだからね」

娘はすっかり悄げかえり、ことばを発することも、泣くこともできない。

「三日もすれば慣れちまうんだよ。お江戸にゃ、不幸な娘がごまんといる。そいつらをひとりひとり、助けようったって無理なはなしさ。できっこねえことは最初からするもんじゃないよ。娘に余計な期待を持たせても仕方ないんだから」

口惜しいが、抱え主の言うとおりだ。

結之助は、自分の無力を悟った。

おたまが見かねて歩みより、俯いた娘の手に一分金を握らせてやる。

「ごめんね、助けてやれなくて」

優しいことばを掛けられても、娘はぽかんとしていた。

まだ、ほっぺたの赤い十五か六の娘だ。

結之助は胸苦しさをおぼえつつも、おたまに背を押され、隠売所をあとにするしかなかった。

六

数日後。

風間友之進によい稼ぎがあると誘われ、溜池の端から霊南坂を下った。

日没にはまだ間があるものの、辺りは薄暗い。

麻布市兵衛町から大名屋敷の狭間を抜け、靄がかった奈落の底へ下りてゆく。

「我善坊谷だ」

と、風間が言った。

気のせいか、さきほどまでとは人相が変わっている。

「風間さん、いったい、何をする気だ」

「まあ、従いてこい。ほら、あそこに芥山があろう。あの向こうに、盗人どもの隠れ家がある」

「盗人とは」

「昨日の昼日中、日本橋本町の油問屋が押しこみにあった。番頭ひとりが斬られ、蔵の金が盗まれた。盗人は五人、呼び名は忘れたが、かなり名の知られた群盗よ」

その五人を成敗するという。

「ひとり十両、五人で五十両だ」

妙だなと、結之助はおもった。

「なぜ、そこに盗人が隠れていると」

「教えてくれたお方がいる。もうすぐ、ここにみえるはずだ。氏素姓は言えぬが、幕府のご重臣でな」

風間のことばどおり、駕籠が二挺（ちょう）、谷を駆けおりてきた。

供人はぜんぶで六人おり、後ろから商人らしき男と挟箱（はさみばこ）持ちが息を切らしながら追いかけてくる。

ふたりの面前で駕籠は止まり、両方の垂れが跳ねあがった。

白足袋（しろたび）の足がにゅっと差しだされ、頭巾で顔を隠した侍がふたり、ほぼ同時に降りてくる。高価な絹の羽織を纏った風体（ふうてい）から推せば、かなり身入りのある侍であろうことは疑う余地もない。

「お待ちを、お殿さま」

商人と挟箱持ちが、転びながら追いついてきた。

「ご注文のお品をお持ちしました」

「おう、そうか。骨董屋、ご苦労であったな」

「へへえ」

骨董商は頭巾姿のひとりから労いのことばを掛けられ、地べたに両手をつく。

挟箱持ちが運んできた代物とは、刀だった。
五、六本はある。
「さて、風間よ。刀を選べ」

頭巾侍のひとりが言った。

風間は二尺五寸ほどの刀を一本選び、自分の帯に差した長尺刀を骨董商に預ける。

「まんがいちのときは、おぬしが番刀をやってくれ」

「へ、へえ」

骨董商は返事をしてしまい、後悔したように口を曲げる。

頭巾侍が、結之助に向きなおった。

「おぬしか、隻腕の剣客とは。今宵は存分に楽しませてもらうぞ」

言っている意味がわからない。

「ほれ、何をぐずぐずしておる。おぬしも刀を選べ」

戸惑っていると、みかねた風間が勝手に一本選んだ。

「朝比奈どの、これを」

無理に刀を押しつけ、自分はさっさと芥山へ向かう。

仕方なく追いかけると、頭巾侍たちもぞろぞろ従いてきた。

「風間さん、説明してくれ」

「何を」

「この刀を使う理由だ」

「様斬り（ためしぎり）さ」

「え」

「血抜きもされておらぬ生き胴を斬る。的は生きる価値もない連中だ。悪党どもを葬って、刀の真贋を確かめる。一石二鳥というわけだ」

「待ってくれ」

「ん、何か不服でも」

「生きた人間を様斬りにし、それを後ろの連中が高みの見物と洒落こむわけか。感心せぬ」

風間は、ふっと笑みを浮かべた。

「心を鬼にするのだ。申したであろう。ひとり斬れば十両になる仕事ぞ」

「やめたほうがよい。盗人の始末なら、町奉行所か火盗改(かとうあらため)にでも任せておけばよいではないか」

「そうはいかぬ」

「なぜ」

「赤子橋の建物をみせたであろう。夢を為しとげるためには、どうしても先立つものが要る」

風間は言いおき、ひとりで隠れ家らしき阿弥陀(あみだ)堂に迫った。

頭巾侍の従者たちも駆けより、結之助を追いこし、ぐるりと御堂を取りかこむ。

従者たちの配置を確かめ、風間は大声をあげた。

「出てこい。盗人ども」

まるで、地響きでも起きそうな大声だ。

観音扉がばんと蹴破られ、三人の賊が躍りだしてきた。

「何じゃ、てめえは」

賊どもは段平を抜き、階段を駆けおりてくる。

風間は、ずらりと白刃を抜いた。

「問答無用」

「ぬりゃ……っ」

突きかかってきたひとりを、袈裟懸けに斬りさげる。

「ぐはっ」

賊は血を吐いて倒れたが、刀はぐにゃりと曲がっていた。

「番刀、番刀」

風間は曲がった刀を捨て、大声で叫ぶ。

骨董商が、独楽鼠（こまねずみ）のように駆けつけてきた。

二本目の刀を風間に渡すや、尻尾を巻いて逃げる。

「死にさらせ」

ふたり目の賊が、上段から斬りつけてくる。

風間は身を沈め、ばっと胸乳（むなぢ）を裂いた。

その瞬間、刀が肋骨（あばらぼね）に引っかかり、手から離れてしまう。

「番刀」

三人目は脇へ逃れようとしたが、従者に押しかえされた。

そのあいだに、風間は三本目の刀を手に入れている。

「逃げるな」

賊は振りむきざま、袈裟懸けに斬られた。

三本目の刀は、なかなかの斬れ味らしい。

暗渠（あんきょ）の奥から、残りのふたりが飛びだしてきた。

「しゃらくせえ」

賊は左右に分かれ、ひとりは従者と斬りむすび、鍔迫（つばぜ）りあいを演じる。

もうひとりは、雲を突くような巨漢だった。刀ではなく、からだごとぶちあたり、従者ふたりを吹っ飛ばす。

「ぬおっ」

巨漢は振りむき、風間に襲いかかった。

頭から突進したものの、いきなり、両籠手を落とされた。

「ふぇええ」

叫びながら膝をつき、風間に首を落とされる。

と同時に、刀がまた、ぐにゃっと曲がった。

「番刀」

「へえ」

呼ばれて飛んできた骨董商が、五人目の賊に首を飛ばされる。

転がった鞘から本身を抜き、風間は賊の臑を刈った。

「うぎっ」

最後のひとりは達磨落としの要領で倒れ、止めの刃を胸に突きたてられる。

風間は夥しい返り血を浴び、血達磨になりながらも吼えた。

「この刀、業物にござります」

「ふほほ、ようやった。見事じゃ」

頭巾侍ふたりがそばまで近づき、手を叩いて喜ぶ。

結之助はただ、呆然と佇んでいた。

頭巾侍のひとりが扇子で差し、捨て台詞を吐く。

「腰抜けめ。風間の爪の垢でも煎じて呑むがよい」

やたらに疳高い声の男だ。

結之助は、わるい夢でもみている気分だった。

七

冬至になった。

七五三で着飾った娘をみると、小見川で暮らす雪音のことをおもいだす。

最愛の妻を失ったとき、右腕を断った理由も忽然と消えた。

結之助は途方に暮れ、しばらく生死の狭間を彷徨った。

それでも、生きる道を選んだのは、自分のぶんまで生きてほしいと、琴音がいまわに囁いたからだ。

いや、それだけではない。

この世への断ちきりがたい未練があった。

雨上がりの杣道や日だまりに咲く蓮華草、そよ風に靡く青田や海原に夕陽の転びおちるさま、花木や風、肌で感じる季節の移りかわり。生きてさえいれば、そうした風物に喜びを感じることができる。

生きてさえいれば、きっとよいこともあろう。

自然に癒されながら旅をつづけるうちに、もっと生きたいと強く願うようになった。

そのころからかもしれない。

誰かに認められたいという願望が、心に芽生えた。

手柄をあげて上役に褒められたいとか、出世を遂げて一族の誉れになりたいとか、そうした願望とはちがう。

誰かに、剝きだしの自分を認めてほしかった。

自分を雨竜に喩えてくれた忠兵衛には、心底感謝している。

しかし一方で、素直になることができない。

何かを命じようとする者の傲慢さが、肌に合わないと感じるからだ。

正義の御旗を振りかざされても、事を成し遂げようという気持ちにはならない。

もっと奥深い何か、心の奥底に隠れた憤怒の情を衝きうごかされるような、何かが欲しい。

結之助はいつも、そう考えていた。

おたまからまた、連絡（つなぎ）があった。

忠兵衛が向島の萬亭で待っているという。

結之助は柳橋から小舟に乗って大川の対岸へ渡り、陸へあがって三囲稲荷の脇道へ出た。

昨晩降った雪が帷子のように積もり、真っ白い風景が目に眩しい。

秋葉権現へ通じる道の手前には、『武蔵屋』や『大七』といった有名どころの料理屋が並んでいる。

料理屋の狭間を抜け、結之助は竹林に分けいった。

白く塗りかわった竹林の奥に、忠兵衛の終の棲家はある。

垣根の簀戸を抜け、飛び石を伝って玄関へたどりついた。

軒下に掲げられた扁額には、太字で萬亭とある。

木槌で竹筒を叩くと、賄いの歯抜け婆が顔を出した。

「おくめさん、息災かい」

いつもと同じ問いかけに、おくめは聞こえないふりをする。

生家は肥後人吉の真宗門徒、間諜を生業とする草の者の家系に生まれたのだと忠兵衛に聞いたが、見掛けは皺顔で耳の遠い老婆にすぎない。

庵の内は鰻の寝床のように細長く、寒々としている。

招じられた奥の六畳間で、玉手箱を開けた浦島太郎のような老人が待っていた。

忠兵衛である。

褞袍（どてら）を頭からかぶり、火鉢にあたっている。

「冷えるのう」

床の間に掛かった軸には、水墨で雨竜が描かれていた。

一輪挿しに生けてあるのは、深紅の寒椿だ。

「柚子（ゆず）湯を沸かしてある。あとではいるがよい。まあ、座れ」

「は」

雪見障子から坪庭をのぞめば、七竈（ななかまど）が赤い実をつけている。

先回はたしか白い花を咲かせていたので、訪れるのは夏の初め以来のことかもしれない。

おくめが音もなく襖を開け、燗酒と肴を運んできてくれた。

結之助は膝で躙（にじ）りより、忠兵衛に酌をする。

返杯の盃を貰い、上等な下り酒を呷った。

「どうじゃ、美味かろう」

「はい」

「灘の生一本よ。肴は根釣りで釣った鯊の天麩羅じゃ」

口のなかいっぱいに、じゅわっと唾が滲んでくる。

「そこの妙見さんで星占いをしたら、大凶と出おった。ゆえに、今宵は河豚を食わせてやろうとおもうてな。大凶には毒をもって抗う。よい案じゃろう。ぐふふ、覚悟しておけ」

「ありがたき幸せに存じまする」

「ところで、おたまからその後、詳しいことを聞いたか」

「いいえ」

「されば、説明しよう。闕所となった山城屋の一件、わしに探索の依頼を持ちこんだは大目付よ」

神尾山城守元孝という姓名を聞いても、結之助にはさっぱりわからない。

「神尾は以前、勘定奉行を務めておったゆえ、金の流れに詳しい。ゆえに、こたびの一件にも疑いを抱いたのじゃ」

御用商人が借金逃れの目的でわざと運上金を払わず、闕所の沙汰を受けたのち、どこへやらと雲隠れする。これだけ手の込んだ大仕掛けは、取り締まる側の役人も一枚嚙まねば成立しにくい。

そこで、大目付みずからざっくり調べた結果、配下の闕所物奉行が関わっているとの疑いを持った。

「なるほど、闕所物奉行から持ちかけられたはなしであれば、御用商人も乗りやすい。沙汰が下りるまえに身代の一部を隠しておける。そのお墨付きを得られるわけじゃからな。無論、それなりの謝礼はあらかじめ払っておいたうえでのことじゃ。あるいは、藩の勘定方が関わっているのやもしれぬ。御用商人が闕所となれば、藩の借り入れも棒引きにできるからの。ふん、うまいことを考えつくものさ」

忠兵衛はつまらなそうに鼻を鳴らし、はなしをつづけた。

「かりに、そうであったとしてもじゃ、表沙汰にはできぬ。上に立つ大目付も無事ではいられなくなるからの。ともあれ、罪状があきらかになったあかつきには、それ相応の措置を講じねばならぬ」

「それ相応の措置とは」

「わからぬのか。この一件に関わった悪党どもを一掃するのじゃ。幕府の秩序を保ち、直参の引きしめをはかるためには、大身旗本であっても甘い顔はできぬ。いや、身内なればなおさら、心を鬼にして掛からねばなるまい」

大目付の要請ならば、どのみち、見過ごすわけにはいくまい。

「ほれ、注がぬか。ぼうっといたすな」

「は」

結之助は、沈んだ気分で酒を注いだ。

「闕所物奉行の名は松木権太夫じゃ。噂ではそうとうな食わせ者らしい。そやつの死んだ父親は、立派な武士であった。やはり、闕所物奉行を務めておってな、わしもよう知っておる。曲がったことの嫌いな清廉(せいれん)な男であった」

ところが、跡継ぎは母親に甘やかされて育ったらしく、世間の常識を知らない。無謀なことをしでかしては、周囲を困らせているという。

「大目付の神尾が手を焼いておるほどじゃから、そうとうなものなのであろう」

つい先だっても、屋敷内で刀剣の様斬りをやらせたという。

「何でも、罪人を生きたまま、斬らせたとか」

「え」

我善坊谷での出来事が脳裏を過ぎる。

「屍骸がみつかっておらぬゆえ、事の真実は定かでない。真実ならば、許し難い所業じゃ。道を外れた者のすることじゃ」

道を外れた者と聞き、風間友之進の顔が浮かんだ。

あのとき以来、逢ってはいない。おそらく、二度と逢うこともあるまいと、そうおもっていたが、運命の糸で繋がっているような気がしてならない。

襖が開き、おくめが河豚鍋を運んできた。

忠兵衛が占いで引いた大凶とは、もしかしたら、自分に関わりのあることなのではあるまいか。

結之助には、そうおもわれて仕方なかった。

八

日本橋の大路には、越後や信濃から出稼ぎにきた連中が椋鳥のように群れている。面倒くさがりで見栄っ張りな江戸の連中は、冬のあいだの飯炊きや夜まわりを嫌い、椋鳥たちに安価な手間賃を払って辛い仕事をやらせるのだ。

田舎者が増えれば、担ぎ屋台の食い物屋は儲かり、広小路や寺社境内の見世物小屋も大入りとなる。景気はよくなるものの、喧嘩や物盗りや辻斬りのたぐいも増え、誰も彼もがてんてこ舞いの忙しさに見舞われながら、師走へと突入していく。

翌日、結之助はおたまと日本橋本町二丁目の大路に面した正月屋で落ちあった。

正月屋とは、汁粉や雑煮を食わせる見世のことだ。

結之助にはどうしても、調べてほしいことがあった。

「あんたの勘は当たったよ。ほら、あの通りさ」

おたまが目を向けたさきには、先日まで繁盛していた油問屋の表口がある。

頑なに閉ざされているのは、お上から闕所の沙汰が下ったからだ。

「賊が襲ったのは昼の日中だよ。しかも、番頭ひとりが命を落としている。襲われたほうにも落ち度があるとされてね、油問屋に厳しいお沙汰が下ったのさ。ところが、調べてみると裏があった。油問屋はさる藩の御用達でね、貸付金を返してもらえず、首がまわらない台所事情だったのさ」

「やはりな」

「山城屋と同じだよ」

ただ、運上金を滞納させるといった生温い方法とはちがう。

賊に襲わせ、店を潰すという荒っぽい手法にほかならない。

「あんたが我善坊谷で目にした賊どもは、名の知られた群盗なんかじゃない。

破落戸(ごろつき)の寄せあつめでね。何者かに金で雇われ、昼の日中に油問屋を襲うように命じられていたのさ」

あくまでも、狙いは店潰しだ。そうでなければ、昼の日中に襲った説明はつかない。

「あんた、頭巾をかぶった偉そうな連中をみたんだろう。おおかた、そいつらが仕組んだのさ」

結之助もおたまも、頭巾侍の正体を言いあてることができた。

確証を摑んだわけではないので、その名を口にしないだけだ。

「この一件、忠兵衛どのには報告したのか」

「まださ。あんたに断ってからでも遅くはない」

「なぜ、遠慮するのだ」

「何か事情があるんじゃないかとおもってね」

勘の鋭い娘だ。

結之助は、風間友之進にたいして一抹の未練があった。

頭巾侍の言いなりになって、様斬りをした行為は許し難い。

しかし、風間の気持ちもわからないではなかった。

妻女を亡くし、深い喪失をおぼえた者が、苦い過去を忘れたいがために、新たな夢を摑もうとしている。

風間の胸に燻る焦燥が、結之助には自分のことのようにわかるのだ。

蛮行を楽しむ卑劣な連中と、同列に扱うことはできない。

「はっきりしないねえ」

おたまは汁粉を啜り、白玉をつるっと吞みこむ。

苦い茶で口をさっぱりさせ、ひとりごとのようにつぶやいた。

「闕所物奉行の松木権太夫は、腕の立つ食客を飼っている。物干し竿みたいに長い刀を差した侍でね。住んでいるところは神田雉子町の裏長屋さ」

「調べたのか」

「あたりまえさ。あんたとやりあうかもしれない相手だからね」

「それで」

「長屋の裏手に空き地があった。十にも満たない男の子が長い木刀を握って、父親に稽古をつけてもらっていたよ」

「そうか」

「男の子を悲しませたくないなら、やめちまえばいいさ。誰にだって事情はある。

たいていの人間は、やりたくもないことをやらされているんだからね」

風間にしても、様斬りなんぞやりたくないはずだ。

それでも、剣ひとつでしか食っていけないのだとすれば、自分を殺してでもやらずばなるまい。

おたまが、ぽつんと言った。

「仕立屋の娘が死んだよ」

「え」

「今朝早く、饐(す)えた臭いのする部屋んなかで、冷たくなっていたそうだ。可哀想に、線香もあげてもらえず、投込寺に捨てられたのさ」

淡々とした物言いが、憐れさと虚しさを際立たせる。

心の底から、名状(めいじょう)しがたい怒りが沸きあがってきた。


結之助は寒風に襟を寄せ、神田雉子町の裏長屋へ向かった。

抜け裏のさきには椎木(しいのき)が何本も植わった空き地があり、十に満たない洟垂れが長大な木刀を一心不乱に振っている。

「大二郎(だいじろう)といったか」

結之助は、風間が自慢げに告げた名を浮かべた。

「やっ、たっ」

甲高い気合いを発し、大二郎は初手の突きから、ぎこちない動作で切っ先を返し、ほぼ水平に薙いでみせる。

おそらく、この形を繰りかえし鍛錬せよと、父に厳しく命じられているのだろう。

血豆が潰れて痛かろうに、泣きもしないで木刀を振りつづけている。

――巌流は三尺一寸の木刀を握り、日夜、千回二千回と素振りを繰りかえす。

結之助は、風間が言った台詞をおもいだした。

ふと、気づけば、物陰から母親らしき人影がそっと子の様子を窺っている。

泣いているのだ。

目頭を袂で拭きながらも、素振りをやめさせようとはしない。

父親の抱いた夢を、妻女と息子は共有している。

そう、結之助はおもった。

だからといって、許されることなのだろうか。

風間は「先立つものが要る」と言った。

金は人を鬼に変える。

夢のために道を外すことが許されていいはずはない。

母親は目敏くこちらに気づき、足早に近づいてきた。

「もしや、朝比奈結之助さまでは」

「いかにも、そうですが」

「風間友之進の妻、みつと申します」

「おみつどの」

「はい」

岡場所あがりとはおもえぬほど、品格を感じさせる女性であった。

もしかしたら、零落した武家の出身なのかもしれない。

「亭主はあいにく、留守にしております」

「いや、よいのです。近くまで寄ったもので」

「お訪ねいただき、ありがとう存じます。風間もきっと、喜ぶことでしょう。なにせ、朝から晩まで朝比奈さまのことを、嬉しそうにはなしているものですから」

「わたしのことを」

「はい。江戸ではじめて、気心の通じあう知己に出逢えたと、そのように申しております」

「そ、そうでしたか」

「近頃、あのひとは気持ちが沈んでおります。何やら、朝比奈さまをくだらないことに巻きこんでしまい、申し訳ないことをしてしまったと」

「風間どのが、そう仰ったのですか」

「はい」

「お許しいただけるかどうかは別にして、きちんと謝りにいかねばならぬと、かように申しておりました」

「なるほど、そこまで悩んでおられたか」

じわりと、心が湿ってくる。

おみつは、ぱっと顔を明るくした。

「なれど、朝比奈さまはこうして、ご自分からお訪ねくださいました。それを知れば、あのひとはさぞかし喜ぶことでしょう」

おみつはさきに立ち、狭苦しい部屋へ導こうとする。

敷居脇の柱から風車が突きだし、風にくるくるまわっていた。

遠慮する結之助を部屋に招きいれ、おみつは煎茶を淹れてくれた。

「お聞きおよびかとも存じますが、わたし、後妻なんです。品川の岡場所で働いておりました」

結之助の反応を確かめつつ、おみつはつづける。

「あのひとは、深い悲しみを抱えております。でも、いつだったか、わたしに言ってくれました。『おれの心は、妻を失ったときに一度死んだ。されど、おまえは死んだはずの心に光を灯してくれた。大二郎という希望の光を灯してくれたのだ。ありがとう。心の底から感謝している』と。春をひさぐ憐れな女に、そうやって優しいことばを掛けてくれたんです」

まるで、風間の死を予感でもするかのように、おみつはさめざめと泣きだす。

結之助はやりきれない気持ちを抱えながら、渋い茶を啜るしかなかった。

他人に強意見のできる柄ではないが、風間には面と向かって「人の道を外れるな」と言ってやるべきかもしれない。

「もう少し」

引きとめる妻女に礼を言い、結之助は外に逃れでた。

と、そこに。

土で顔を真っ黒にした大二郎が立っている。

「誰だい、おっちゃん」

敵意の籠もった目で睨まれ、結之助は微笑んだ。

「坊主、強くなりたいか」

「うん。強くなりたい。強くなって、おいらはおっかさんを守るんだ」

おもいがけない台詞を吐かれ、ぐっと胸が詰まる。

むかし父の口から漏れたことばが、幼子の記憶に刻まれたのかもしれない。

大二郎の発した力強いことばは、結之助の耳からいつまでも離れなかった。

九

霜月十七日、夕刻。

結之助は、向島の萬亭に呼ばれた。

開口一番、忠兵衛は眉間に皺を寄せて吐いた。

「大目付、神尾山城守が急襲された」

淀藩の江戸家老と内々で会合をおこなった晩、深川永代寺（ふかがわえいたいじ）の二軒茶屋から外に出て、船を使おうとしたところ、油堀の桟橋で待ちぶせに遭ったという。神尾自身は一刀流の免状持ちでもあり、事なきを得たが、若い供人と船頭が斬られ、無残な屍骸を晒した。

大目付が何者かに襲われたとなれば、一大事である。

しかし、事がおおやけになれば、神尾も無事では済まされない。藩全体に目配りせねばならぬ重職にある者が、特定の藩の江戸家老と秘かに会う。それはどう考えても、褒められた行為ではないからだ。しかも、大目付に白刃を向けるのは、幕府に白刃を向けるのも同然の叛逆行為にほかならない。まんがいち、淀藩のなかに不穏な人物がいるとなれば、藩の存続さえも危ぶまれる事態になりかねない。

「それだけは避けねばならぬ」

と、忠兵衛は苦々しく発した。

「わしが神尾に命じ、淀藩の内情を調べさせたのじゃ」

淀藩の江戸家老は命に服し、藩内から悪事を働いたと疑わしき者を探りだした。

「勘定組頭、垣添金吾。そやつが、陰でこそこそ動いておった」

垣添は山城屋福右衛門と結託し、本来はお上に没収されるべき蓄財から、応分の賄賂を受けとっていたらしい。

　山城屋の闕所によって、藩の借金は棒引きになった。

　なぜか、それを実績として評価され、垣添は勘定奉行から褒美を貰っていた。

　秘かに調べをおこなった江戸家老は大目付に指示を仰ぎ、当面は垣添を泳がして見張ることにした。

　するとさっそく、小心者の小役人らしく、墓穴を掘ったという。

　垣添は漁夫の利を得たが、山城屋から一連の企てを講じたのが闕所物奉行であると知らされ、わざわざ礼を言いに屋敷へ向かったのだ。

「莫迦な男じゃ」

　無論、けんもほろろに追いかえされたが、江戸家老にとっては、悪事に荷担した垣添が上役の断りもなく闕所物奉行のもとを訪れただけで充分だった。

　さっそく、そのことを報告すべく、江戸家老は大目付との会合を持った。

　神尾は押っ取り刀で、二軒茶屋へおもむいた。

　出迎えた江戸家老は、平蜘蛛となって畳に手をついたまま、一度も顔をあげられなかったという。

　出納の帳簿を預かる勘定組頭と御用商人が結託し、幕府をないがしろにしてみせたのだ。差配役の江戸家老としても、本来なら切腹を免れない事態であろうし、藩の行く末にも関わってくる。

それほどの一大事と、認識していたにちがいない。

忠兵衛の裁定により、淀藩は寛大なはからいで許された。

自浄をはかった江戸家老は形式上、別の理由で蟄居(ちっきょ)させねばならないが、大袈裟なはなしとはならずに済むはずだった。

「なれど、神尾が襲われた」

大目付の行動を、逐一見張っている者があったにちがいない。

「闕所物奉行ですか」

「そうじゃ。証拠(あかし)もある」

「証拠」

「ふむ」

忠兵衛はしばし黙り、おもむろに語りだす。

「刺客は三尺の刀を使う者じゃ。おたまに聞いた。松木権太夫のもとに、風間某とかいう巌流の遣い手がおるそうじゃな。おぬし、懇意にしておるのか」

「い、いいえ」

「されば、成敗いたすのに、何らためらう必要はないな」

返事のできない結之助を、忠兵衛は睨みつける。

「亡くなった供人は忠義の者であった。あたら、死なせたくはない若侍でな。一方、老いた船頭には、病気の女房があったそうじゃ。よいか、風間某は一線を越えた。ためらってはならぬ。おぬし自身が命を縮めることになるぞ」

結之助は、膝を躙りよせた。

「ひとつ、お聞きしてもよろしゅうござりますか」

「何じゃ」

「風間友之進は、なぜ、一線を越えたのでしょう」

「それを、わしに聞くか」

「是非、お聞かせください」

「ふうむ」

忠兵衛は腕を組み、白い眉を動かす。

「わしがおもうに、金のためではあるまい」

「では、何が風間をそうさせたのでしょう」

忠兵衛は、溜息を吐く。

江戸には人の死が日常茶飯に存在する」

「侍の一分とでもいうべきか」

「一分」

「さよう。この世は理不尽なことだらけじゃ。洪水、地震、火事、飢餓、江戸には人の死が日常茶飯に存在する」

政道は腐敗し、悪徳商人は横行し、私利私欲を貪る金の亡者たちがふんぞり返っている。富める者はいっそう富み、貧しい者はいっそう貧しくなる。この差を埋めることは難しい。

「世知辛い今の世で、浪人を雇う武家は皆無と言っても過言ではなかろう。客分として雇われた風間は、恩を感じたのじゃ。たとい、奇行のめだつ雇い主であろうとも、雇ってもらった以上は忠誠を誓わねばならぬ。いかに、理不尽な命であろうとも果たし、恩返しをせねばならぬ。根が真面目な者だけに、そう考えたのじゃろう」

風間の不運は、仕えた相手が悪党であったということだ。

「なれど、不運で済ませておけるのか。この世の悪事を数えてみれば、きりがないのもわかる。いちいち気にしていたら、生きづらいのもわかる。流れに逆らわず、流れに身をまかせるほうが利口だと、たいていの者は考えよう。なれど、不器用なおぬしにそれはできまい」

口惜しいが、忠兵衛の言うとおりだ。

敢えて流れに抗い、藻掻き苦しみながらも、信じた道を突きすすむ。生きざまを変えるくらいなら、死んだほうがましだと、結之助はどうしても考えてしまう。

「風間のしでかしたことの始末は、死をもって報いるしかない。どのような事情を抱えていようともな。本人が、ようわかっておることさ」

いつもながら、忠兵衛のことばは重い。

結之助も侍としての矜持を抱えているかぎり、逃げることはできなかった。

人にはここ一番、肚を決めねばならぬときがある。

庵から外へ出ると、おたまが寒空のしたで待っていた。

「さあ、悪党どもを成敗しにいくよ」

凛として吐かれた台詞は、あらゆる妥協を拒んでいた。

十

渡しの桟橋から屋根船を仕立て、おたまとともに大川を遡上する。

「まさか、あんたと雪見船に乗ろうとはね」

立待の月は明るい。

舳先は銀色の波を分け、ゆるやかに蛇行しながら左手へ向かう。

——ぎゅうい、ぎゅうい。

遠くの闇で鳴いているのは、都鳥であろうか。

屋根船のたどりついたさきは、浅草の橋場、そのむかし銭座のあった辺りに古そうな木橋がみえ、鏡ケ池と繋がる清川が流れている。

少し漕ぎすすむと『銀波楼』の表口へ通じる船寄せへ出た。

江戸のとっぱずれにもかかわらず、高額な料理を供する料亭には、夜な夜な怪しい連中が集まってくるという。

「ここに闕所物奉行がいるのか」

「そうさ。悪仲間とね」

悪仲間とは、綾杉左門之亮のことだろう。

「ほかにもいるよ。山城屋福右衛門に、淀藩勘定組頭の垣添金吾」

「泳がしておいて、たどりついたさきが銀波楼というわけか」

闕所物奉行は保身のために、ふたりの小悪党を呼びつけた。

「口封じのために呼んだのさ。まさか、自分たちが狙われているとも知らずにね。きっと隙が生まれるから、今宵が狙い目だって、大殿は仰ったよ」

「忠兵衛どのは、何でも見抜いておられるのだな」

「年の功ってやつさ。わたしとあんたは、言うとおりに動けばいい」

それでよいのかと言いかけ、結之助はことばを呑みこむ。

間諜のおたまに愚痴を吐いたところで、詮無いはなしだ。

「山城屋と勘定組頭は、たぶん、さきに帰されるよ。行きはよいよい、帰りは恐いってやつさ」

ふたりには、刺客が差しむけられるにちがいない。

その隙を衝き、旗本たちを片付けてしまおうと、おたまは涼しい顔で言う。

「用意はいいかい」

「ああ」

結之助は、あれこれ考えるのをやめた。

山城屋と勘定組頭が、揃って暇（いとま）を告げた。

見送りのためか、それとも引導を渡すためなのか、用人たちも居なくなる。

おたまに導かれ、料亭の裏庭にまわった。

奥の座敷では、あいかわらず宴がつづいている。

野卑（やひ）な嗤（わら）いと、女たちの嬌声が外へ漏れてきた。

悪党たちが芸者を侍（はべ）らし、酒を呷っているのだ。

石灯籠の陰に隠れて様子を窺うと、襖が乱暴に開き、着物の乱れた侍が芸者の肩を抱きながら出てきた。

「厠（かわや）はどこじゃ。厠は」

大声で叫ぶ赤ら顔の男は、譜代御家人の綾杉左門之亮にまちがいない。

箸にも棒にも掛からない悪党である。

結之助は、ゆらりと立ちあがる。

影のように忍びより、綾杉の正面に屈みこむ。

しゅっと、同田貫を抜いた。

白刃が、月光を反射させる。
その瞬間、綾杉は気づいた。
月を背にした男がいる。
「ぬわっ」
自分の驚く声と、不気味な刃音が重なった。
ずんと、脳天に衝撃をおぼえる。
と同時に、綾杉の意識は暗転していた。
「ぎゃあああ」
芸者たちが、蜘蛛の子を散らすように逃げていく。
結之助は血の滴(したた)る刀を左手に提げ、廊下に悄然(しょうぜん)と佇んだ。
おたまは背後に控え、暗い部屋の様子を注意深く窺っている。
「やつがいるよ。芸者もひとり。あっ、短筒を構えた。危ない」
ぱんと乾いた音が反響し、鉛弾が飛んできた。
結之助は半身になり、鼻先で白刃を払う。
――きいん。
金属音が尾を曳(ひ)いた。

鉛弾は鎬（しのぎ）に弾かれ、背後の石灯籠を粉々にする。

まったく、信じられない光景だった。

結之助は、白刃で鉛弾を弾いたのだ。

硝煙のたちこめる内へ踏みこむと、胡座（あぐら）を掻いた松木権太夫が口をぽかんと開けていた。

ぐったりした芸者を楯にし、脇差の刃を首筋に押しつけている。

用無しになった短筒は、床の間に転がっていた。

「おぬし、我善坊谷で逢うたな。あのときの腰抜けが、どうしてここにおる。わしに恨みでもあるのか」

「恨みはない」

ただ、沸騰しそうな憤りがあった。

「何者じゃ、おぬしは……あはは、わかったぞ。大目付に雇われた刺客であろう。神尾のやつめ、自分の身可愛さゆえに白洲で堂々と裁こうとせず、配下のわしを闇討ちにするつもりだな……よし、倍の値を出そう。わしが、おぬしを雇ってつかわす。倍では嫌か。ならば、三倍でどうじゃ」

結之助は、鼻で笑った。

「風間友之進はどうなる」

「ふん、風間なんぞ、どうでもよいわ。何なら、おぬしが始末せい。わしはな、この目で、つばくろ返しの太刀行をみたのだぞ。物干し竿の切っ先が、ぐんと鼻面へ伸びてくるのよ。くく、どうじゃ、その気になったか。無論、あやつの始末代は別に払ってつかわす。の、わしの刺客になれ」

「下郎め」

結之助は俯き、低く唸った。

「何か言うたか」

松木は聞きかえそうと、立て膝になる。

その拍子に、芸者が横に倒れた。

結之助は滑るように身を寄せ、松木の鼻先に立つ。

「や、やめろ」

往生際のわるい悪党は、脇差を闇雲に振りまわした。

その右腕を、下から払うように断つ。

「ぬげっ」

脇差を握った手が飛び、床柱にぶつかった。

「ぶひぇええ」

松木は豚のような悲鳴をあげ、猪首(いくび)を縮める。

「念仏でも唱えよ」

結之助は同田貫をふわりと持ちあげた。

薪を割るよりも静かに、何気なく白刃を振りおろす。

「ぬげっ」

目玉がふたつ飛びだした。

松木権太夫の脳天は、石榴(ざくろ)のように割れている。

後ろのおたまから眺めても、無造作な動きにしかみえなかった。

「南無」

結之助の心は、氷のように冷えている。

もはや、怒りもなければ、悲しみも憐憫(れんびん)もない。

無に近い境地であるにもかかわらず、内から涙が溢れだす。

死んで当然の悪党を斬った。

なのに、涙が溢れてくる。

「妙な癖だね」

おたまが言った。

そのとき。

遠くの闇から、誰かの悲鳴が聞こえてきた。

「浅茅ヶ原(あさじがはら)だよ」

おたまは疾風となり、裏木戸から飛びだしていく。

また、泣かねばならぬのか。

結之助は重い足を引きずった。

斬りむすぶ相手は、風間友之進だ。

妻子を守るべく道場を開きたいと、夢を語った男であった。

土で真っ黒になった大二郎の顔を目に浮かべると、挫(くじ)けそうになる。

それでも、結之助は死地へ向かわねばならぬ。

氷のように冷たい心で風間に引導を渡さねばならぬ。

「詮方あるまい」

結之助は同田貫を黒鞘に仕舞い、血腥い部屋に背を向けた。

十一

灰色の野面(のづら)に、真っ赤な炎が立ちのぼった。

二挺の駕籠が、目のさきで茫々と燃えている。

おそらく、山城屋と垣添金吾を乗せていた駕籠であろう。

ふたりの屍骸らしき黒い影が、炎のそばに横たわっていた。

「いるよ。あいつだ」

おたまが指を差さずとも、結之助にはわかっている。

迦楼羅(かるら)の炎を背負った不動神のように、風間友之進は待ちかまえていた。

結之助は私情を捨て、大股で近づいていく。

五間の間合いで足を止めると、風間は悲しそうに笑った。

「やはり、おぬしとはこうなる運命(さだめ)であったか」

「雇い主は死んだ。忠誠を誓う相手は、もうこの世にいない。それでも、勝負をつける気か」

「やらずばなるまい。武士の一分とは、そうしたものであろう。たった一日でも雇ってくれた相手に忠誠を誓う。雇い主があの世へ逝ったところで、山よりも重い恩義は消えぬ」

「山よりも重い恩義か」

「飢えて死にかけた者にとっては、一杯の水、一合の飯を与えてくれた者が神仏にもみえる。それと同じだ。松木権太夫は、うらぶれた野良犬のごときわしを認め、一人前に扱ってくれた。その恩義は、山よりも重い」

結之助は、ぐっとことばに詰まった。「風間なんぞ、どうでもよいわ」と発した裏切りのことばを、伝えてよいものかどうか迷った。

「何を戸惑うておる。おのれの始末をどうつけるか、わしは今それしか考えておらぬ。おぬしを斬って生きのこれば、生かされた天命に従うまで。たとい、おぬしに斬られても、それが天命とあきらめよう」

「さようか、わかった」

風間は微笑み、声を少し弾ませた。

「おぬし、長屋を訪ねてくれたらしいな」

「ああ」

「礼を言う。だが、わるくおもわんでほしい。わしは、ここで死ぬわけにはいかぬ。生きて、あの長屋へ戻らねばならぬのだ」

何を言われようと、もはや、結之助の決心が揺らぐことはない。

風間は、ぐっと顎を引いた。

「ひとつ、聞いておきたいことがある」

「何だ」

「無住心剣術の奥義は、相抜けであると聞いた。おぬしとわしの力量が互角なら、ふたりとも死なずに済むのだろうか」

「相抜けは、望んでかなうものではない。望むと望まざるとにかかわらず、そうなるものだ」

たとい、実力の拮抗した者同士でも、心技の均衡がわずかに崩れた瞬間、どちらかが死ぬ。真剣で対峙したときの相抜けとは、奇蹟と同義のものではないかと、結之助はおもっている。

「ふむ、得心できた。もはや、おもいのこすことはない。まいる」

「おう」

ふたりは、同時に刀を抜いた。

かたわらに控えるおたまが、ごくっと唾を呑む。

風はなく、凪いだ海原に立っているようだ。

さくっと、雪を踏んだ。

溶けかけた雪で、踝まで埋まることはない。

冷たくもなかった。心は冷めているのに、体は手足の先まで温かいのだ。

それにしても、風間の握る刀はみるからに長い。

八相に構えると、一段と長くみえる。

白刃は炎を映し、血を塗りこめたかのようだ。

正直なところ、結之助は「つばくろ返し」なる秘技を知らない。

ただ、何となく、上段から地を叩くほど振りおろし、ひと息に薙ぎあげる太刀行を描いていた。

それはおそらく、風間本人に聞いたことをおぼえていたからだ。

――上段から振りこむよりも、下段から掬いあげるほうがしんどい……届かぬさきの一寸と申してな、限界からさらに一寸伸びた切っ先が飛ぶ鳥をも刺す。斬るのではなく刺す。それこそが極意にござる。

また一方では「つばくろ返し」の太刀行を目にしたという松木権太夫の言も念頭にあった。

――物干し竿の切っ先が、ぐんと鼻面へ伸びてくるのよ。
それは払う剣ではなく、あきらかに突く剣だ。
掬いあげるのか、突くのか。
いったい、どちらなのか。
結之助にはもうひとつ、忘れている情景がある。
それが何かは判然としない。
記憶の狭間に隠れ、肝心なときに浮かびあがってこないのだ。
ふたりは、じりりっと間合いを詰めた。
結之助は片手持ちの平青眼に構え、風間は右八相のままだ。
風間はあくまでも、炎を背にしている。
炎の遥か上空には、月が輝いていた。
備前長船とおぼしき刀の切っ先が、月を串刺しにしている。
結之助は我知らず、ふっと頬をゆるめた。
「何が可笑しい」
「長船の切っ先が、月を刺してみえるのよ」
「ふはは、そうであろう」

ふたりは白い息を吐き、しばらく笑いあった。

「されば、まいる」

風間は腰を落とし、長船の先端を右下段に下げた。

左肩を迫りだして壁をつくり、白刃を背後に隠す。

「ぬおっ」

駆けよせ、低い姿勢から逆袈裟を繰りだす。

いや、薙ぐとみせかけ、のどもとを狙ってきた。

突きだ。

「ふん」

結之助は初太刀を弾き、反転しながら水平斬りを見舞う。

「何の」

風間は受けながし、上段から渾身の一撃を振りおろす。

「のわっ」

岩盤をも砕かんとするほどの一撃が、鼻面を舐めた。

切っ先は地に触れず、凄まじい勢いで掬いあげられる。

「つばくろ返し」か。

ずばっと、胸を斬られた。

「うぬっ」

痛みは走ったが、傷は浅い。

風間は間合いから逃れ、にやりと笑う。

「よう避けた。なれど今のは、つばくろ返しではない」

勝利を確信したような顔だ。

その顔が、大二郎の顔と重なった。

「あっ」

裏の空き地で懸命に素振りをしていた太刀筋が、鮮やかに蘇ってくる。

あのとき、大二郎は初手の突きから、ぎこちない動作で切っ先を返し、ほぼ水平に薙いでみせた。

あれだ。

忽然と、視野が開けた。

「遊びは仕舞いじゃ」

風間が吼える。

「くりゃっ」

物干し竿を抱えこみ、頭から襲いかかってくる。
突きがきた。
それも、尋常な突きではない。
三尺の白刃が、倍にも伸びたように感じられた。
だが、結之助に焦りはない。
太刀行はわかっている。
相手の手の内を読んだうえで、深く誘いこんでやればいい。
結之助は絶妙の機をとらえて半身に開き、突きを鼻先で躱した。
「甘いぞ」
突きから一転、風間は長船の切っ先を返し、真横に滑らせる。
「うしゃ……っ」
これぞ必殺、つばくろ返し。
つぎの瞬間、結之助の頭は皿のように殺がれた。
いや、そうではない。
同田貫によって、必殺の一撃は阻まれていた。
「げえっ」

頭蓋を狙った長船は堅固な鋼にぶつかり、火花を散らした途端、根元のところからぐにゃりと曲がったのだ。

「が、贋作かっ」

風間は眸子を剝き、血を吐くように発した。

炎は急速に弱まり、群雲は月を隠してしまう。

勝機はつねに、死と隣りあわせのところにある。

「ぬりゃ……っ」

裂帛の気合いもろとも、同田貫が唸りをあげた。

刹那、風間友之進はみずからの死を悟った。

「くわああ」

この世への未練が、断末魔の叫びとなった。

風間は脳天を割られ、雪上に鮮血を散らした。

結之助は片膝をつき、詰めていた息を吐きだす。

終わったのだ。

風間の屍骸を、みることができない。

おのれの分身を斬ったような気分だった。

おたまは、ひとことも声を掛けてこない。

――ぎゅうい。ぎゅうい。

遠くの闇で、都鳥が鳴いている。

大二郎の発した気丈な台詞が、耳に蘇ってきた。

――強くなりたい。強くなって、おいらはおっかさんを守るんだ。

それだけが、救いのことばにも聞こえた。

とめどもなく、涙が溢れてくる。

息子が父の教えを守り、逞しく育ってくれることを、結之助は心から願わずにいられなかった。

浅茅ヶ原は蕭条として、踏みこむ者を拒んでいる。

もしかしたら、立ちいってはいけない彼岸の淵まで来てしまったのかもしれない。

天空を泳ぐ群雲が、竜のかたちにみえた。

竜はいましも、丸い月を呑みこもうとしている。

――この世は理不尽なことだらけじゃ。

忠兵衛の吐いた台詞を、結之助は腹の底から嚙みしめた。

二〇一〇年九月　光文社文庫刊

光文社文庫

長編時代小説
刺客潮まねき　ひなげし雨竜剣㈢

著者　坂岡　真

2018年8月20日　初版1刷発行

発行者　鈴木広和
印刷　慶昌堂印刷
製本　ナショナル製本

発行所　株式会社　光文社
〒112-8011　東京都文京区音羽1-16-6
電話（03）5395-8149　編集部
8116　書籍販売部
8125　業務部

ISBN978-4-334-77709-8　Printed in Japan

組版　萩原印刷